내 사랑
프라이드

내 사랑
프라이드

초판 1쇄 인쇄 · 2023년 11월 10일
초판 1쇄 발행 · 2023년 11월 20일

지은이 · 서 숙
펴낸이 · 한봉숙
펴낸곳 · 푸른사상사

주간 · 맹문재 | 편집 · 지순이 | 교정 · 김수란, 노현정 | 마케팅 · 한정규
등록 · 1999년 7월 8일 제2-2876호
주소 · 경기도 파주시 회동길 337-16(서패동)
대표전화 · 031) 955-9111(2) | 팩시밀리 · 031) 955-9114
이메일 · prun21c@hanmail.net
홈페이지 · http://www.prun21c.com

ISBN 979-11-308-2115-3 03810
값 17,500원

푸른사상
산문선
52

푸른사상
PRUNSASANG

내 사랑
프라이드

서 숙
산 문 집

푸른사상
PRUNSASANG

아주 오랜만에 산문집을 냅니다. 30여 년 일하던 학교를 떠나 이런저런 곳에서 보고 듣고 느낀 것들을, 하와이대학에서 일 년 동안 머물렀던 일들을 간단하게 적어보았습니다. 애착이 가는 것도 부족한 것도 많은데, 누구였지요? 살아 있는 것들은 얼룩이 져 있다고 했으니, 모두 나의 순간들로 받아들입니다.

푸른사상에 연결해주신 서울대학교 김명렬 명예교수님께 감사드립니다.

어려운 상황에서도 늘 좋은 책들을 만드시는 한봉숙 대표님, 그리고 편집부 여러분께도 감사드립니다.

2023년 10월

서 숙

2부 흐르는 사람들

내 사랑 프라이드

1부

지상의 방 한 칸

옛날의 공기

　고대 유적에 관한 홍미 있는 글을 읽었다. 그 글에 관심을 갖게 된 것은 옛 유적을 발굴하고 보존해 나가는 한 과학자의 글에서 "옛날의 공기"라는 표현을 발견했기 때문이다. 옛날의 공기라는 표현이 불러오는 것들. 옛날의 향기와 풍경, 맛과 소리와 색채…… 지금은 잊히고 상실된, 품위 있는 삶의 어떤 차원이 떠올랐다. 그러면서 수천 년 땅속에 묻혀 있던 옛 유적을 대하는 이 과학자의 섬세한 태도가 과거와 기억을 대하는 우리의 태도와 연결되는 게 아닌가, 생각했다.

　이 글에 의하면 20세기 고고학은, 유물이 발견되면 유물 근처부터 파내려가는 방식을 선호한다. 그러니까 직접 유물로 파내려가는 전통적인 방식은 옛 귀족들의 고급 도굴 취미로 간주된다. 발견된 유물을 곧바로 파내려가게 되면 유물은 물론이고 그 유물을 설명해주는 주변의 작은 물품들도 손상을 입는다. 치명적인 것은 이 과정에서 유물을 보존해주던 무덤 안의 옛날의 공기가 증발되어 사라진다. 밖으로 노출된 유물은 빠르게 부식하기 시작한다. 그래서 유물을 보존하기 위한 우선 과제는 증발된 옛날의 공기를 복원하는 일인데, 이 과정은 결코 쉽지 않다. 길고 험하다.

1954년 이집트에서 수천 년 동안 땅속에 묻혀 있던 피라미드를 발굴하게 되면서 함께 있던 보트를 발견한다. 고대 이집트 왕들의 영원한 안식처. 삼목으로 만들어졌고, 길고 날렵한 멜론처럼 생긴 이 보트는 길이가 142피트였는데 대서양을 누비던 바이킹 해적선보다 42피트가 길었다. 발견 당시 보트는 무수한 조각으로 산산이 부서져 있었지만 부서진 상태에서도 원래의 모습을 고스란히 간직하고 있었다. 이것을 복원하는 데 13년이 걸렸고 다시 이 복원된 보트를 위해 박물관을 완성하는 데 5년이 걸렸다.

이때 문제가 생겼다. 박물관에 보관된 그 복원된 보트가 빠르게 부식되기 시작한 것이다. 수천 년 동안 무덤 속에서 보트를 보존해온 옛날의 공기가 사라져버렸기 때문이다. 사라진 그 옛날의 공기를 복원하는 것이 급선무였다.

이집트 정부는 보스턴에 거주하는 이집트 출신의 세계적인 지질학자 파로크 엘 바즈 박사에게 도움을 요청한다. 그는 우주선이 달나라에 착륙하는 데 핵심 역할을 한 과학자다. 장거리 센서로 달의 지면, 흙, 공기 습도 등을 광범위하고 세밀하게 관찰 연구하여 우주인들이 성공적으로 달에 착륙하는 데 공헌했다.

자, 그가 했던 일을 보자.

미래라는 우주 공간을 향하던 그의 시선은 이제 과거를, 수천 년 전의 땅속을 응시하게 된다. 달 탐험에 사용했던 원격 탐사 테크놀로지를 땅속에 묻힌 유적을 발견하는 데 적용한다. 그렇다, 그의 과제는 발굴된 보트의 부식을 막기 위해 그 보트가 들어 있었던 옛날의 공기를 확보하는 것이다.

그가 시도한 일들을 보자. 그는 원격 탐사 테크놀로지로 땅속에 있는 또 다른 무덤을 찾아낸다. 그런 뒤 무덤 안에 있을지도 모르는 또 하나의 밀폐된 방을 찾기 시작한다. 그 밀폐된 방 안에 옛날의 공기가 보존되어 있을 거라고 믿는다. 그리고 누가 알랴. 그 방 안에서 또 다른 보트를 발견할 수 있을지도.

결과를 미리 말하자면 그는 옛날의 공기를 채집하지 못했다. 무덤 속에 있는 또 하나의 방이 밀폐되지 않았던 거다. 그 방으로 딱정벌레가 들락거리는 것을 발견했다. 그러나 기대했던 대로 처음 발견한 것과 같은 보트를 또 하나 발견했다. 그는 이미 부식되어가는 그 보트를 비활성 기체, 질소 속에 넣어 보관하기로 한다. 질소는 박테리아가 나무를 파괴하는 것을 막아주기 때문이다. 그러니까 질소가 옛날의 공기와 같은 역할을 하는 것이다.

자. 이 모든 과정의 핵심인즉, 그는 땅속의 유물이 발견되면, 발견된 유적지 안에 그대로 보존해야 한다고 믿는다. 그렇게 하는 것이 유물에 대한, 그리고 그것을 만든 고대인들에 대한 예의라고 생각한

다. 그것이 "미래를 응시하고 과거를 품어안는" 한 과학자의 통찰이었다.

그의 글을 읽으면서 생각한다. 가령, 우리의 유물, 그러니까 우리의 과거라든가 우리의 기억들을 어떻게 할 것인가. 그것들은 기억의 저장고 속에 모셔진 보물인가, 또는 마구잡이로 처박혀 있는 상처들인가. 그것들을 어떻게 할 것인가. 고백을 하고 분석을 하면서 통풍을 시킬 것인가. 아니면 잘 다독거려서 원래의 자리에 보존할 것인가. 그대로 잠들게 할 것인가.

누가 그랬는가.

비밀을 품고 살아온, 그 인고의 삶을 생각해보라. 상처를 안고 견디며 진주를 품게 된 조개를 생각해보라.

나는 한동안 옛날의 공기에 사로잡혔다. 발굴된 보트 안에 남아 있던 5천 년 전 레바논산 삼나무 향기. 그 공기를, 우리 삶의 최초의 향기를 찾아 두리번거렸다.

엘마네 집

엘마네 집은 더 이상 그곳에 없다. 엘마네 집이 있던 동네가 통째로 사라졌다. 그 자리에는 이 층, 삼 층, 사 층짜리 연립주택들과 자동차가 달리는 도로와 양옆으로 상점들과 슈퍼마켓들이 들어섰다.

내가 기억하는 엘마네 집은 나무로 지은 단층집들이 모여 있는 학교 근처의 조촐한 동네에 있었다. 큰 안채가 있고 넓은 마당을 사이에 두고 따로 아래채가 있었다. 마당에는 망고나무들과 채소밭과 꽃밭이 있고 작은 강아지들이 대여섯 마리씩 몰려다니며 놀았다. 엘마는 방 두 개와 부엌과 마루가 딸린 아래채에 세 들어 살았다. 마루에는 낡고 편안한 소파와 축음기와 레코드들이 정리되어 있었다.

엘마는 중국계 미국인 청년이다. 키도 몸집도 작고 가무잡잡하고 콧수염을 맵시 나게 길러서 얼핏 쿠바에서 망명 온 젊은 시인처럼 보였다. 그래, 그는 지역 동인지에 시를 발표하기도 했다. 요리도 잘하고 약간 느끼한 목소리로 수다도 잘 떨었다.

우리는 세미나가 끝나는 금요일 오후면 가끔 그의 집으로 갔다. 멀쑥한 백인 남학생, 앞머리가 빠지기 시작하던 흑인 남학생, 덩치에 어울리지 않게 얌전하던 일본 여학생. 한국 남자와 결혼했다가 헤어진 미국 여학생, 포도주색 원피스를 입은 단발머리 한국 여학생.

마루에서 우리가 준비해 온 와인을 마시는 동안 그는 망고, 토마토, 아보카도, 치즈 등을 섞어서 그럴듯한 샐러드를 만들었다. 우리들은 한 주일을 끝낸 후련함을 만끽했다. 그날 세미나에 관해 갑론을박도 하고 마리화나도 피웠다. 엘마는 자기가 쓴 시를 읽기도 했다.

제인 제인
내가 너의 몸을 책임질 테니
너는 내 영혼을 챙기렴.
제인 제인, 뭐라고?
내가 섹시하지 않다고?
……

그게 시냐? 시냐고. 우리들은 박장대소하며 그를 놀려댔고, 영시를 공부하는 백인 남학생은 고개를 끄덕이기도 했다. 그는 갑자기 고릴라에 대한 애정을 과시하며 우리를 놀라게도 했는데, 졸업 후 동물원에 취직하여 고릴라 사육사가 되었다고 한다.

엘마는 아마도 어딘가에서 시를 쓰며 살고 있겠지. 긴 손가락으로

마늘을 까며 요리를 하겠지. 글이 안 써질 때 한 접시 만들면 성취감
이 생기잖아, 중얼거리면서 포도주 잔을 챙기겠지.

　사라진 엘마의 집 앞을 오늘도 지나간다.

망고의 추억

이곳 재래시장에 갔다. 중국인 여교수가 안내했다. 정오가 되기 전의 아직 조용한 시장을 두리번거리며 천천히 걸었다. 갖가지 물품들이 도처에 쌓여 있다. 채소, 생선, 음료수, 수북수북 쌓여 있는 바나나 더미, 열대 과일. 와, 절로 감탄을 한다. 그런 나를 보더니 옆에서 걷던 그가 불쑥 내뱉듯 말한다. 이 과일들, 하와이산이 아니에요. 모두 수입된 거예요. 수입이요? 왜요? 어디서요? 나는 놀라서 외마디로 물어댄다. 하와이에서 과일을 수입한다고?

주로 칠레에서 와요. 멕시코에서도 오고. 아, 저기 있는 작고 동그란 바나나들은 하와이산이에요.

그럼 망고는요?

망고는 없어요. 망고나무들은 뿌리째 뽑혔어요. 망고나무가 자라던 땅을 다 밀어버리고 고층 건물을 지었으니까. 그 땅에 살던 원주민들은 주 정부가 마련해준 보호구역으로 쫓겨났어요. 홈리스가 되기도 했어요.

나는 멍하게 듣다가 묻는다. 그래서요?

네, 어느 날부터 망고를 수입해 오기 시작했죠. 그건 하와이인들에게는 그야말로 신성모독이었어요. 이제…… 망고를 먹으려면 남의 집 뒷마당에 떨어진 것을 훔쳐 오든가, 농약 범벅이 된 수입 망고를 사야지요.

그는 웃지도 않고 날 보지도 않고 쏟아낸다. 화가 잔뜩 난 것 같기도 하다. 그제서야 이해가 간다. 슈퍼에 가서 망고를 찾아 두리번거리면, 시들거리는 노르스름한 망고들뿐이었다. 내가 기억하고 있는 싱싱하고 불그스레한 망고를 찾을 수 없었다.

준코와 쉬밍과 나는 느지막한 오후면 기숙사 근처의 능선을 따라 멀리까지 조깅을 했다. 주위에는 큰 망고나무들이 자라고 있었고 풀밭으로 망고들이 툭툭 떨어지기도 했다. 불그스름하게 살짝 익은 것들, 황금색으로 농익은 것들, 지는 햇살 속에서 반짝거리는 망고 열매는 큼직한 보석 같기도 했다. 또는 한겨울에 논둑에서 썰매 타는 아이들의 빨개진 볼 같기도 했다.

우리는 망고를 서너 개씩 집어 들고 기숙사로 돌아왔다. 저녁 식사가 끝나면 인도 여학생 치드라가 만든 아이리시 커피를 마시고 맛있는 망고를 먹었다. 그런데 그 망고들은 이제 흔적도 없다.

시장 안은 북적거리기 시작한다. 어느새 정오가 지나고 있다. 노

망고의 추억

적가리처럼 쌓여 있는 수입 열대과일들이, 내 눈에 괴기스러워 보인다. 신성모독이란 단어가 오버랩된다.

내 사랑 프라이드

차이나타운

우리는 차이나타운으로 들어섰다. 입구가 따로 표시되어 있지 않아도 찻길을 건너자 빛의 느낌이 살짝 달라지는 듯했다.

하와이의 차이나타운은 북미에서 제일 오래된 차이나타운이다. 뉴욕이나 샌프란시스코의 차이나타운은 울긋불긋한 색깔이 지배적인데 이곳에는 그런 치장들이 별로 보이지 않는다. 그러니까 19세기 중반부터인가, 처음에는 중국인 노동자들이 이곳 사탕수수 농장에서 일하기 시작했다. 그 뒤로 일본인 노동자들, 한인 노동자들이 들어온다. 아메리칸 드림이라는 신기루를 쫓아서.

최초의 중국인 노동자들은 장사 수완을 발휘하여 오늘의 차이나타운의 기틀을 다졌다고 한다. 한인 노동자들과 그들의 사진신부들은 땡볕 아래 사탕수수밭에서 일하며 독립 자금을 모으기도 했다.

지금 이 지역의 특징은 다양성이다. 중국, 한국, 일본은 물론이고 베트남, 라오스, 태국, 필리핀, 그리고 원주민들의 가게가 공존한다.

좀 더 둘러본다. 버스 한 대가 천천히 지나갈 수 있는 길을 사이에 두고 양쪽으로 이 층짜리 오래된 건물들이 늘어서 있다. 그 위로 하늘이 나지막하게 펼쳐져 있다. 건물은 흰색이고 창문은 황토색이다. 그 위에 '1901년'이라고 적혀 있다. 역사가 짧은 미국에서 이 건물들은 이곳 주 정부의 보호를 받고 있다.

좀 더 안쪽으로, 골목 사이로 들어간다. 환한 빛 속에 이따금 홈리스들이 웅크리고 누워 있거나 서 있다. 아무도 상관하지 않는다. 이곳 가게들은 오후 서너 시면 문을 닫는다. 골목 안으로 한참 들어가면 마약과 범죄, 그리고 또 무슨 일이 일어나는지 모른다고 한다.

우리는 이 오래된 거리의 이상한 정적 속으로 들어간다. 눈이 부셔 가늘게 뜨고 지나간 시대의 건물들을, 기묘하게 느껴지는 창문들을 말없이 바라본다. 잊혀진 동네를 뒤돌아보는 듯하다.

점심을 먹으러 들어간 허름한 딤섬집. 한쪽 구석에 앉아 그의 이야기를 듣는다. 그는, 어린 시절에 문화혁명과 모택동의 죽음을 경험했다.

"나는 작은 시골에서 자랐어요. 모택동이 죽자, 사람들은 그의 가르침 중에서 잘못된 것들도 있다고 말하기 시작했어요. 너무 충격을 받았어요. 모택동의 가르침을 하늘처럼 믿고 따르던 사람들이었는데. 그때 결심했어요. 내가 생각하고 판단하자."

그는 돌아가지 않겠다고 했다.

이날, 잘 알지 못했던 이곳의 이면을 본 듯하다. 야자수 흔들리는 소리가 착잡하게 느껴진다.

다인종 사회

시외버스를 타고 한 바퀴 돌고 왔다. 가까운 거리였는데 시간과 공간을 통틀어 먼 곳을 다녀온 것 같다. 전에도 이런 느낌을 가진 적이 있다.

신촌에서 여의도로 갈 때, 학교 정문을 나와 죽 걸어서 지하도를 건너 서강대 후문 근처 버스 정류장에서 버스를 타고 마포 쪽으로 빠져서 좌회전한 다음 내려서 다른 버스를 갈아탔다. 운전하면 이십 분도 안 걸리는 거리인데 버스를 타고 내리고 또 갈아타면서 많은 풍경들을 보았다. 버스 안에서 만나는 사람들, 좌판에 채소를 놓고 머리에 수건을 두르고 앉아 있는 여인들, 퇴근길 인파의 다양한 표정들…… 나는 여러 곳에서 많은 사람들을 만나고 온 듯했다.

이날 내가 탄 버스가 시내를 벗어나 한동안 달리자 좌우로 잡초밭처럼 보이는 길들이 이어진다. 한참을 더 지나자 나지막하고 엉성한 연립주택들이 나타난다. 원주민들이 사는 동네인 듯하다.

띄엄띄엄 세븐일레븐이 보이고, 드물게 쇼핑센터도 보인다. 그 지역 전체가 동떨어지고 가난해 보인다. 저기 사는 사람들은 뭐 해서 먹고사나, 농사를 짓는 것 같지도 않고, 막연하게 그런 생각들을 한다.

버스에 오르는 원주민들은 노르스름한 피부 색깔에 순한 표정들이다. 체질과 식습관이 합해져서 몸집들이 굉장히 큰 그들은 하늘 아래 서두를 것이라고는 없는 듯 천천히 움직인다.

와이루루 하이스쿨 표지가 붙은 정류장에서는 원주민 학생들이 우르르 탄다. 버스 안이 환해지고 생기 넘치기 시작한다. 그들은 앉기도 하고 서서 웃기도 한다. 어떤 남학생은 무표정하게 창밖을 내다본다. 나는 속으로 아, 원주민 학생들을 이렇게 가까이서 보게 되는구나…… 생각한다.

어느 순간부터 버스 앞쪽은 원주민 어른들과 학생들로 가득 찼다. 학생들은 학생들끼리, 어른들은 어른들끼리 자연스럽고 활기 있다. 내 앞에 앉은 젊은 여자와 남자는 병원 다니는 얘기를 하는 것 같다. 보험금도 나오고, 내 변호사, 내 의사…… 이런 말도 하고, 삼 년이나 계속된다는 말도 나온다.

젊은 여자는 긴 파마 머리를 뒤로 넘기기도 하고 몸을 앞으로 구부리기도 하며 내내 웃으면서 말하고, 남자도 웃으면서 고개를 끄덕거린다. 두 사람의 동작이 율동적이다. 여자는 귀에 우유색 플루메리

다인종 사회

아꽃을 꽂고 검은색 바지와 헐렁한 티셔츠를 입고 있다. 이들은 영어로 말하고 있는데 그들의 희로애락이 담긴 고유의 언어로 말한다면 얼굴 표정이 달라질까? 그런 생각도 해본다.

버스 안이 조용해진다. 어른들도 학생들도 대부분 내려서, 막막하게 내리쪼이는 오후 서너 시의 햇빛 속으로 걸어가고 있다. 버스에 남아 있는 두 여학생들은 피부색이 까무잡잡하고 날씬한데 흑인과 원주민의 혼혈인 듯하다. 그들의 표정은 조금 전에 재잘거리던 때와는 달리 시무룩해 보인다.

버스 안 분위기에 반전이 일어난다. 어느 정류장에서 와자지껄, 백인 젊은이들이 탄다. 관광객들인지 이곳 주민들인지, 여자 네 명과 남자 한 명이다. 이들의 태도는 거칠 것이 없다. 큰 소리로 웃고 떠들며 버스 안의 누구도 의식하지 않는다. 맞은편에 앉아 있는 두 원주민 여학생들은 백인 승객들을 일별하더니, 순식간에 표정을 닫아버린다. 얼마 뒤 여학생 한 명이 버스에서 내리자 남은 한 명은 구석자리로 바싹 몸을 붙이고 앉는다. 마치 자신을 안 보이게 하려는 것 같다. 그러다가 다음 정류장에서 내린다.

버스는 이제 다른 길을 달린다. 새로 지은 듯한 아파트도 보이고 번듯한 단독주택들도 보인다. 승객들도 달라진다. 선글라스를 낀, 중년의 아시아 여성이 탄다. 베이지색 정장. 그는 백인 젊은이들이 버티고 앉은 앞쪽으로 오더니 개의치 않고 그들 맞은편에 편하게 앉는다. 백인 젊은이들은 아주 잠깐, 이 아시아 여자를 힐끗 보더니 무심해진다.

얼마 지나지 않아, 또 아시아 남자가 탄다. 그도 무심하게 좌석에 앉는다. 곧이어 또 아시아 여자. 편안한 바지 차림에 큰 가방 한 개와 핸드백.

버스는 달린다. 나는 속으로 세어본다. 아시아인들 일곱 명, 백인 젊은이들은 다섯 명. 흠, 흥미 있어진다. 백인 젊은이들은 이제 다 떠들어서 얘기할 것도 없다는 듯 조용해진다. 자기들끼리 작게 말하더니, 어느 정류장에서 내린다.

버스 안에는 아시아인들만 앉아 있다. 이제 그들이 주인이다.

다인종 사회

돌고래 쇼

섬 끝에 있는 유원지에 다녀왔다. 돌고래 쇼를 보기 위해서였다. 유원지 근처의 인공호수 같은 곳에서 돌고래들을 훈련시키고 있었다. 쇼는 돌고래들을 굶긴 뒤 점심시간에 맞춰 시작되었다. 조련사의 지시에 따라 어린 돌고래들이 갖가지 묘기를 부렸다. 먹이를 공중으로 던지면 소리치며 몸을 비틀어 뛰어 올랐다. 나는 중간에 혼자 나왔다.

간이 카페에 앉아 눈앞에 펼쳐지는 망망대해를 바라보았다. 아득한 곳에서 큰 파도, 작은 파도들이 서로 부딪치며 달려왔다. 돌고래가 꺽꺽 우는 소리가 계속 들렸다. 광활한 태평양을 바로 눈앞에 두고 어쩌다가 포획되어 저 수모를 당하는가. 음산하고 비릿한 냄새가 진동하는 듯했다.

쇼가 끝나고 밖으로 나온 일행이 말했다.

"실망했어요. 내가 처음 본 공연과는 너무 달라요. 하기사 그게 언제 적인지. 그때만 해도 이렇지 않았어요. 무대에는 원주민 처녀가 플루메리아 꽃관을 쓰고, 고유의 음악에 맞추어 돌고래들을 거느리고 파도를 타고 춤추듯 등장했어요. 먼바다를 배경으로. 환상적이었어요. 난 그걸 기대했는데. 지금은 돌고래 숫자도 줄고, 수영복 같은 검은 유니폼을 입은 백인 여자가 나와요. 음악도 요란한 팝송이에요. 미국 대중문화가 이곳 문화를 삼켜버린 거죠. 이런 일이 어디 돌고래 쇼뿐이겠어요?"

그랬다. 이삼십 년 전만 해도 원주민들의 전통문화는 일상적 삶속에 살아 있었다. 늘 어디선가 알로하 선율이 흐르는 듯했고, 여자들은 알록달록한 원색 꽃무늬의 긴 원피스(무무)를 즐겨 입었다. 기숙사 앞에 서 있는 오래된 나무에서 우윳빛 꽃들을 따서 레이(긴 꽃목걸이)를 만들어 공항에 내리는 친구들에게 걸어주었다. 환대의 기쁨. 이제 레이는 슈퍼마켓 냉장고에 진열되어 있다.

최근에는 원주민 문화에 대한 관심이 높아지고 있다. 이곳 대학 캠퍼스에는 하와이학센터가 서 있다. 원주민들의 문화와 역사를 강의하고 연구하고 보존하기 위한 시설들도 갖추어져 있다. 무엇보다 그동안 금지되었던 원주민 언어를 소수 언어 보호 차원에서 다시 가르치기 시작했다.

태어날 때부터 영어를 배우고 말해온 원주민 학생들은 이제는 외국어가 된 자신의 모국어를 힘겹게 배워야 한다. 영어와 고유언어 사이에서 방황하며 그들의 정체성을 찾아야 한다. 삶은 일견 더 나아지는 듯하지만 그들의 고유문화도 아메리칸 인디언들처럼 박제되어 무력화되는 것은 아닌지 불안하다.

하와이대학 도서관 입구, 넓은 벽을 장식한 그림이 있다. 그 옛날 백인들이 큰 배를 타고 이 섬을 향해 오고 있다. 야자수 잎으로 몸을 가린 원주민들이 긴장한 채 다가오는 그들을 응시하고 있다.

모든 것은 그렇게 시작되었을 것이다.

무라카미 하루키

무어홀로 바삐 걸어갔다. 무라카미 하루키, 그리고 한국 중국 일본 등에서 온 문학 전공자들이 모이는 날이다. 생년월일을 보니 거의 동년배네.

나는 그의 소설들은 제대로 읽은 게 없다. 『상실의 시대』를 대충 읽었는데, 독자들이 왜 그리 열광하는지 잘 이해되지 않았다. 내가 젊지 않구나, 이런 생각까지 했으니까. 그러면서 이 소설을 쓰기 시작할 때 『위대한 개츠비』를 염두에 두었다는 것, 대학 졸업 후 재즈 바를 운영했다는 것 등 작가의 개인적인 이야기만 기억했다. 그가 동아시아어문학과에 온다는 걸 알게 되자, 그래도 그의 소설 한 권쯤은 읽어야지 하면서 두 권으로 번역된 『1Q84』 중에서 첫째 권만 샀다. 그런데 책이 너무 두껍고 재미를 느낄 수도 없어서 몇 번 들었다 놨다 하다가 중간에 그만두었다.

큰 회의실에 들어가니, 와인잔과 맥주잔을 든 사람들이 여기저기

서서 이야기들을 하고 있다. 편안한 금요일 오후, 일본문학을 전공하는 백인 학생들이 많이 보인다. 이곳에서의 일본문학, 아니 일본의 위상을 말해준다.

옆에 있는 사람이, 사람들과 어울리고 있는 작가에게 나를 소개한다. 반가워요. 네, 반가워요. 그는 약간 동그스름하고 작달막하다. 엷은 분홍색 티셔츠와 반바지에 붉은색 운동화를 신고, 플루메리아꽃으로 만든 긴 목걸이를 걸고 있다. 눈빛이 예리하지도 않고, 소위 예술가다운 포스도, 세계적 조명을 받고 있는 작가의 아우라도 느껴지지 않는다. 그냥 편안해 보이고 농부 같다는 인상을 준다.

좀 더 지켜본다. 그는 말이 별로 없다. 다른 이의 말을 경청하고 묻는 말에는 간단하게 대답한다. 하기사 작가는 필요한 말들을 작품으로 써낸다. 허공에 쏟아내지 않는다.

작가가 되고 싶은 이들은, 그리고 작가가 될 뻔한 이들은 글을 쓰는 대신 말로 쏟아낸다. 조급한 거다. 그래, 작가는 이렇게 어눌한 표정으로, 작가가 될 뻔했던 사람들이 쏟아내는 얘기를 잘 듣는다. 그리고 그것들을 자기 방식으로 자기가 쓰는 소설 속에 표현한다.

하여간에, 그는 지금 고개를 숙이고 경청하고 있지만 와글거리는 소리 속에서 그의 귓속까지 안착하는 단어가 몇 개인지는 아무도 모른다.

나도 한마디 한다. "그런데 어찌 그리 두꺼운 책을 써내요? 당신 소설 읽다가 너무 무거워서 손목이 휘어질 뻔했어요. 어디서 그런 에

너지가 나와요?"

옆에 있는 사람이 거든다. "마라톤의 힘이지요."

하루키가 강조하는 것은 철저한 자기 훈련, 그리고 몸과 마음의 균형이다.

어느 일간지와의 인터뷰에서. "첫새벽 작업실로 들어가는데, 마치 육중한 철문을 열고 지하실로 내려가는 것 같다. 다시 철문을 열고 나올 수 있을지 두려워진다. 그래도 매일 그 깊은 곳으로 내려가 자기와 마주한다."

또 산문집 『직업으로서의 소설가』에서. "누구나 자신만의 혼돈을 안고 있는데, 일상 속에서 남에게 드러내거나 자랑할 만한 것이 아니다. 그 혼돈을 마주하기 위해서는 입 꾹 다물고 혼자 내면 깊은 곳으로 내려가야 한다. 우리가 대면해야 하는 참된 혼돈은 거기 있다. 그런데 그 혼돈을 계속 대면하기 위해서는 고도의 집중력이 필요하고 이는 곧바로 신체적인 힘과 연결된다. 모든 일에는 '물때'라는 게 있는데 그 기회를 잡아 살려내는 길은 자신의 신체를 어떻게 훈련하는가에 달려 있다."

그래서 그는 매일 수영과 달리기를 하고 마라톤 경기와 철인 경기에 참가한다. 정신과 몸의 조화, 반복되는 자기 대면. 그가 강조하는 작가의 조건은 이렇게 간단하다. 너무 간단하여 지키기 어렵다.

이날 하루키와의 모임은 편안하고 유쾌했다. 그의 작품을 읽지도 않았는데, 나는 이 과묵한 작가에게 호감을 가지게 되었다.

석양 무렵, 그는 늘 혼자 캠퍼스를 달린다.

매일 첫새벽 육중한 철문을 열고 자기를 만나러 내려간다.

성당에서

일요일마다 학교 안의 작은 성당에 간다. 내 숙소에서 십 분 정도 걸어가면 서 있는 작고 아담한 건물. 일요일 아침, 성당 문은 화창한 빛과 바람 속에 활짝 열려 있다. 백인, 아시아인, 흑인, 하와이 원주민, 그들과 함께 온 어린아이들. 성당 앞은 알록달록 꽃밭 같다.

뒷자리에 앉아 나는 신부의 강론을 듣고, 알로하 셔츠를 입은 젊은이들이 연주하는 바이올린, 비올라, 우쿨렐레에 맞추어 찬송가를 부른다. 일주일의 반복되는 일상과는 다른 사람들과 생각과 감정들을 만난다.

내가 앉는 성당 후문 입구에는 주로 아이들과 그 부모들이 함께 앉는다. 바비인형 같은 백인 여자아이는 큰 테이블에 앉아 크레용으로 색칠을 한다. 작은 아기들은 엄마 아빠에게 안겨서 칭얼대다가 동그랗게 눈을 뜨고 두리번거린다. 나는 미사가 진행되는 동안, 설교를 들으면서 아이들을 바라본다.

성당에서

아일랜드 계통의 얼굴이 불그스레한 배불뚝이 신부는 늘 화해와 평화, 그리고 기도하는 삶을 강조한다. 이런 메시지를 전하기 위해 가족이나 친구, 신자들이 겪는 작은 일화들을 예로 들면서, 편안하게 중얼거리듯 말한다. 그의 강론들을 들으면서 그가 1980년대에 청년 시기를 지나온 세대임을 짐작한다.

어느 날, 그는 자기 할머니의 틀니 이야기를 했다. 할머니는 할아버지가 돌아가신 뒤 아들 두 명을 힘들게 키우셨는데, 두 아들을 모두 전쟁에 보내야 했다. 어린 그는 할머니와 같은 방을 썼다. 할머니는 매일 밤, 틀니를 빼서 머리맡에 놓은 뒤, 아들들을 위해 묵주를 돌리면서 기도했다. 그는 늘 기도 소리를 들으면서 먼저 잠들었다. "그래요. 나는 묵주에 얽힌 이런 특이한 기억이 있어요." 그가 신부가 된 것은 할머니의 틀니와 묵주기도와 상관 있는 듯했다.

그의 틀니 이야기를 들으면서 그 옛날 모친이 틀니를 보관하던 작은 나무 상자가 떠오르기도 했다. 아들이 사우디에서 사 온 그 상자 뚜껑에는 예쁜 꽃무늬가 새겨져 있었다.

신부는 또 어느 날은 포도나무 이야기를 했다.

"나는 포도나무니라. 누구든지 나와 연결되면 영생을 얻고, 그렇지 않으면 가지는 말라서 불쏘시개가 되리라. 땅에 뿌리내리고 서 있는 포도나무는 잘 자라 열매를 맺지만 나무에서 떨어져 나온 나뭇가지는……."

포도나무 가지 이야기를 들으며 이런 생각도 했다. 언젠가 슈퍼의 과일 코너에서 토마토를 사러 두리번거렸다. 토마토 열매만 쌓여 있기도 하고 토마토가 달린 줄기째 진열되어 있기도 했다. 줄기에 달려 있는 토마토들이 더 싱싱하게 보이는 듯해서 그걸로 샀다. 집에 와서 무심코 가격표를 떼내다가 고소를 금치 못했다. 비쌌다. 줄기에 달린 토마토가 줄기에서 따낸 토마토와 무엇이 다른가. 이 또한 뿌리와 단절된 것 아닌가. 그래도 내가 줄기에 달린 토마토를 샀다는 것은 그것이 고만큼은 뿌리와 더 가깝다는 착각 때문이 아니겠는가. 그래. 뿌리에 대해 우리는 무심하지 못하는 거다.

하여간에 신부는 포도나무 성경 구절을 한 번 더 읽은 뒤 그가 잘 아는 니카라과 유학생 이야기를 했다. 성적도 우수하고 성품도 좋은 그 학생은 자신이 니카라과 출신이라는 것 때문에 열등감에 차 있었다. "큰일이지요. 자기 뿌리에 대한 자부심이 없는데 어떻게 행복해질 수 있겠어요."

신부는 학생에게 니카라과 출신의 유명한 시인의 시를 알려주고, 그의 뿌리가 아름다운 전통과 이어져 있다고 강조했다.

신부의 강론이 끝나고 신자들은 성체를 받으러 앞으로 나간다. 신부가 포도주 병을 높이 들 때 나는 엉뚱하게 이런 생각을 한다. 오늘 아침 신부님은 포도주를 몇 잔 드셨나요? 코가 더 불그레하게 보이네요.

성당 입구 바람 속에서 꽃들이 몽롱하게 흔들린다.

성당에서

작은 서울

한국 술집에 다녀왔다. 이곳 대학에서 가르치는 원로 사회학자와 한국문학을 전공하는 학생 두 명과 함께.

일행이 간 곳은 '작은 서울'이라는 술집 겸 식당. 이름과는 달리 상당히 크고 쾌적한 분위기였다. 좌석마다 등받이가 있고 서울 인사동에서도 볼 수 있는, 붓글씨로 한글이 적힌 흰 벽지를 발랐다. 한쪽 옆으로는 노래방도 있는 듯했다.

초저녁이어서 손님들은 많지 않았다. 우리는 유기농 부추전과 순두부백반, 모둠꼬치, 그리고 처음처럼 두어 병을 주문했다. 이번 학기 처음 공부를 시작한 학생들은 이곳의 분위기가 마음에 든다고, 다양성과 개방성이 실감 난다고 한다. 하기사 이곳에서 아시아인들은 주변인이 아니다. 한국인, 일본인, 중국인 이민자들은 학계는 물론이고 사회 각 분야에서 중요한 역할을 하고 있다.

우리는 이런저런 이야기들을 했다. 교포 사회와 유학생들의 근황에 대해서, 젊은 학생들에게 한국의 근현대사를 가르치는 의의와 도전에 대해서, 무엇보다 한국인 교수들이 기회 있을 때마다 한국을 찾는 이유에 대해서도.

물론 여기서도 한국 사회의 정보와 자료를 실시간으로 접한다. 그러나 현장감, 거리를 활보하는 사람들의 표정과 말소리, 웃음소리, 행동 등을 대체할 수는 없다.

우리는 또, 밖에 있으면서 안의 시각을 잃지 않는 것에 대해서, 밖에서 보는 것이 더 본질에 가까울 수도 있다는 것에 대해서도 두서없이 의견들을 주고받았다.

나는 자리를 옮겨 이차를 가고 싶었지만, 어디 재즈바에라도 가서 멍하게 깊어가는 밤을 바라보고 싶었지만, 말하지 않았다. 초저녁에 들어온 우리는 아홉 시경에 일어났다. 왜 이리 손님이 없냐고 물었더니 일 끝나고 자정 넘어 몰려온다고 한다. 휑한 술집을 나오면서 타향살이는 어쨌든 쓸쓸하다는 생각이 들었다.

이상도 하다. 세상이 아무리 변해도, 해가 지면 여전히 집으로 돌아갈 생각부터 한다.

단골 이발소

머리 자를 때가 지났다. 허연 머리칼이 멋대로 길어졌다.

마노아 쪽으로 가면 실내장식도 그럴듯한 소위 헤어살롱들이 있는데, 마음이 내키지 않았다. 어느 날 학교 안에 있는 작은 이발소를 발견했다. 후문 가까이 있는 도서관 근처, 넓은 잔디밭과 아름드리 나무들 사이, 한쪽 옆으로는 식당 겸 바가 있고 당구장도 있다. 노천 카페에는 흰 의자와 테이블이 듬성듬성 놓여 있다. 한동안 오며 가며 이발소를 살펴보니, 남자 교수들과 학생들, 근처의 노인들이 주로 이용하는 곳이었다. 의자 한 개에 육십 대쯤 되어 보이는 곱상한 동양 여자 혼자 일을 하고 있었다. 늘 한가했고 텔레비전 혼자 떠들고 여자는 졸고 있기도 했다.

어느 날 이발소에 들어갔고 그 이후 단골이 되었다. 내가 한 달에 한 번쯤 가면 여자는 늘 반색을 하고 손사래까지 치며 의자에 앉힌다. 그리고 같은 동작이 반복된다.

검정 바탕에 붉은 꽃무늬 있는 큰 수건을 둘러준다. 나른한 공간에 생기가 돈다. 여자는 물뿌리개로 머리에 물을 뿌린다. 찬찬히 머리를 빗고, 작은 가위로 깎는다. 곰지락곰지락, 생쥐가 내 목덜미에서 오물거리는 것 같다. 삭삭삭, 앞 이빨 나기 시작하는 아이가 과자를 조금씩 갉아 먹는 것 같다. 나는 눈을 감는다. 천천히 야자수 흔들리는 소리, 나는 꼬박꼬박 졸기 시작한다.

처음 이곳을 발견했을 때부터 언젠가 비슷한 장소에 가본 듯한 생각이 들었었다.

클럽 5. 우간다, 마케레레대학의 학생회관. 식민지 시대 영국 관리들의 자녀들이 다녔다는 동아프리카 명문.

그러나 학교 밖으로 나가면, 허물어져가는 판자촌들과 먼지 자욱한 시장 바닥에 쌓여 있는 바나나 더미들. 그 혼돈과 가난의 풍경들.

우리는 자주 학회 오후 일정을 빼먹고 클럽 5에 갔다. 재즈가 흐르고, 검은 피부의 학생들이 크리켓도 치고 당구도 쳤다. 그들의 무심한 표정과 주문한 차를 가져오는 여학생들의 오만한 듯한 태도가 인상적이었다. 이 가난한 나라의 선택받은 학생들. 그 모습들은 학교 밖의 혼돈과 대비되어 비현실적으로 보이기도 했다. 우리는 뜨거운 태양을 바라보며 설탕을 잔뜩 넣은 진한 홍차를 마셨다. 아프리카, 불가사의의 땅. 그 강렬한 색채와 밀도를 어떻게 표현할 것인가. 그들만의 춤과 노래, 언어, 그들만의 삶을 어찌 이해할 것인가.

단골 이발소

얼핏 눈을 뜬다. 다시 이발소. 한쪽 옆에 켜놓은 텔레비전에서는 데킬라 어쩌구 하는 소리가 쉴 새 없이 쏟아진다. 그래, 이따금 학교 지하 바에 가서 손등에 소금을 묻히고 데킬라를 마시기도 했었지.

여자는 내 어깨에서 수건을 벗긴다. 두 손으로 목을 누르며 마사지해주는 흉내를 낸다. 나는 의자에서 일어나 웃옷을 입는다. 너 머리 자르니까 젊어 보인다, 너 머리 잘 자른다.

오후 다섯 시. 그는 텔레비전을 끄고 퇴근 준비를 한다.

순식간에 사방이 적막해진다.

동행

아가, 안녕. 잘 지냈어? 뒤돌아보니 노인은 허리를 숙이고 길고양이들에게 말하고 있다. 둘이 친하구나.

어두워질 무렵 학교 외곽, 홈리스 할머니가 쓰레기통에서 모아 온 음식을 들고 나무 아래 서 있고, 그 앞에 길고양이들이 한 줄로 죽 서 있다. 나는 불에 덴 듯 고개를 돌려버린다.

이곳에는 길고양이들과 개들을 챙기는 사람들이 많다. 집으로 데려가서 일정 기간 돌보는 이들도 많다. 학대받고 버려진 그들 속에 쌓인 증오와 불신이 사라지도록 보살핀 다음 유기견센터에 보낸다. 어떤 아이들은 입양되고 또 장애인이나 참전용사들의 반려견이 되기도 한다. 집을 찾지 못하면 안락사된다. 동물보호센터에 기부하는 돈 많은 노인들은 항의한다.

제복을 입은 젊고 건강한 여성 경찰관이 밧줄을 들고 큰 밴에서 내린다. 그는 정기적으로, 때로는 신고를 받고 거리에서 떠도는 유기견들을 찾아 다닌다.

길 저쪽에 커다란 흰 개가 눈에 뜨이자 부드럽게 외친다. 아가야, 옳지, 이리 와라. 흰 개는 잠시 머뭇거리다가 종종종 다가온다. 옳지, 이쁘다. 개의 머리를 쓰다듬으며 살짝 목에 고리를 건다.

"이 개는 착하군요. 좋은 반려견이 되겠어요. 주인만 잘 만나면."

저쪽 길에서 또 한 마리 나타난다. 몸집이 작다. 흰 개와 달리 만만치 않다. 사람에게 놀랐는지 달려오는 자동차도 상관없이 막 도망간다.

"저럴 때는 가슴이 조마조마해요. 저 애는 상처를 많이 받은 거예요. 도망 나왔을 수도 있어요."

얼마 뒤 또 한 마리. 버려진 타이어 속에 고개를 파묻고 있다가 그가 다가가니 고개를 든다. 아이구, 무섭게 생긴 불도그가 저렇게 귀여울 수 있다니.

"아, 이쁜 것, 착하다……. 애도 최고의 반려견이 되겠어요."

여성 경찰관은 이렇게 몇 마리의 유기견을 밴에 싣고 보호센터로 돌아간다. 그들을 각각 칸막이로 나뉜 우리에 넣고, 사진을 찍어서 그 앞에 붙인다. 한편에서는 자원봉사자들이 깨끗하게 목욕시킨다.

"한번 이 일을 시작하면 계속하게 돼요. 거칠던 애들이 착하게 변해가는 거 보면서 내 우울증이 나았어요. 오 년째예요."

"이렇게 목욕한 뒤 이름표 달고 주인을 기다려요. 일정 기간 지나도 주인을 못 만나면 안락사를 시켜야 돼요. 그때는 가슴이 찢어지는 거죠."

한쪽에서는 입양을 원하는 사람들이 나타나서 개들을 한 마리씩 꺼내와서 들여다보고 쓰다듬고 한다. 어떤 개의 눈은 너무 간절해서 나는 외면해버린다.

몇 아이들이 성공적으로 주인들을 만나 집으로 간다. 새 주인과 그 아이는 원래 식구였다는 듯 서로 편안하다. 둘 사이의 친밀감과 신뢰가 전달된다. 자기 일을 하고 있는 주인 옆에서 개는 눈을 껌벅거리고 앉아 있다.

어떤 유기견은 장애인의 반려가 되도록 훈련받는다. 개들은 방의 불을 켜고 끄기 위해 스위치를 올리고 내리는 훈련을 받는다. 방문을 열고 닫는 것도 배우고 문밖의 신문을 물어다가 주인의 무릎에 올려놓기도 한다. 이 반려견들의 등장은 장애인들에게는 말 그대로 해방을 가져온다.

그 훈련을 주로 여성 수인들이 담당한다. 사회에서 험한 일을 저지른 수인들은 몇 년씩 장기 수감 중이다. 반려견을 훈련시키면서 그들은 관계 맺는 방식에 대해 새롭게 배우게 된다.

참전용사들의 반려가 되는 유기견들도 있다. 대도시 거리에 앉아 있는 홈리스 참전용사.

"그때 죽었으면 훨씬 좋았을 거라고 생각해요. 내 인생이 이렇게 망가질 줄 몰랐어요. 군인연금으로 대학도 가고, 계획이 많았어요. 견딜 수 없는 것은, 내 자존심을 지킬 수 없는 거예요."

또 다른 참전용사. 그는 집에 돌아왔지만, 사람을 믿을 수 없다. 아무하고도 시선을 맞출 수 없고 자살 충동과 악몽에 쫓긴다. 이들은 반려견과 만나면서 변한다.

"이 개도 버림받고 상처받고 불신감에 차 있던 애지요. 그런 의미에서 우리는 같아요. 이 사실을 알게 된 것이 도움이 돼요."

"이 개와 시선을 맞추면서 그가 나를 무조건 신뢰하는 것을 알게 돼요. 그러자 내 자존감이 돌아와요. 우리는 서로를 통해 회복되고 있어요."

이렇게 이들은 서로를 통해 존재감을 회복한다. 함께 동행한다.

꽃 입양

꽃시장이 있는 건물을 찾아 이러저리 시장 속을 걸어간다. 초봄이어서 쌀쌀했지만 그래도 먹자골목에는 무럭무럭 김이 나고 사람들이 줄지어 서 있다.

일단 점심을 먹기로 한다. 갈치조림, 순대해장국, 설렁탕. 똑같은 메뉴에 똑같아 보이는 식당들이 골목을 사이에 두고 마주 보고 있다. 원조갈치조림이라는 간판이 크게 붙어 있는 집 앞에는 생선구이며 달걀찜 들이 좍 진열되어 있다. 기다리면서 골목 풍경을 구경한다.

안으로 들어가 일인 탁자에 앉는다. 좌로 우로 사람들, 김치, 김, 달걀찜, 수북한 쌀밥, 그리고 양은냄비 가득한 갈치조림…… 웅웅거리는 소리. 혼자 와도 전혀 쑥스럽지 않은 분위기.

천천히 꽃상가가 있다는 건물을 향해 걸어간다. 검은 패딩 입은 상인들이 일본인 관광객들과 흥정을 한다. 추위 때문인지 근처에 있는 명품 백화점 때문인지. 옛날 재래시장의 흥겨움이 아직은 느껴지지 않는다.

큰 건물의 삼 층이 전부 꽃상가이다. 화려하게 진열된 가지각색의 꽃들. 우와…… 물어물어 찾아온 보람이 있네. 꽃도 사고, 상추 고추 모종도 사야지. 살짝 흥분하며 입구를 넘어 안으로 천천히 들어간다.

그런데, 이게 무슨 소리인가.

상추 모종 있어요? 없어요. 방울토마토 모종 있어요? 없어요. 햇빛이 안 들어와서 다 죽어요. 모종은 안 가져와요.

세상에. 눈이 부시게 환한 이 넓은 공간. 이곳을 밝히고 있는 것은 햇빛이 아니라 형광등 빛이다. 그 인공 불빛 아래서는 꽃 모종, 고추 모종, 그러니까 제일 여린 생명들은 살 수가 없다.

그뿐만 아니다. 넓은 공간을 가득 채운 파란 노란 빨간 분홍 꽃들, 그중의 많은 꽃들이 생화가 아니다. 생화보다 더 싱그럽고 화려한, 무엇보다 결코 시들지 않는, 조화였다.

머리가 띵해졌다. 아름다운 여학생들 속에서 갑자기 인공지능 로봇 미인들을 깜짝 만나는 듯했다. 그들은 당혹해하는 나를 이해 못 하는 듯하다. 비웃는 듯하다.

그 꽃시장은, 자연광이 들어오지 않는다. 인공 불빛 아래서는 어린 모종들이 자라지 못한다. 그 화려한 꽃들 속에서는 생화와 조화를 구별하기 어렵다.

그렇구나. 나는 정신을 추스른다. 조금 전에 느꼈던 설렘은 오간 데 없다.

이왕 왔으니 화분을 하나 골랐다. 보라색 별사탕 모양의 작은 꽃들이 다닥다닥 달려 있다. 집에 와서 흰색 화분에 옮겨 심고 현관 앞 복도에 내놓았다. 바람에 작은 별떨기들이 살랑살랑 흔들린다.

현관문을 열 때마다, 햇빛 속에서 살랑거리는 푸른 별떨기들을 보며 나는 중얼거린다. 아. 너를 입양하길 잘했다. 햇빛과 바람이 통하지 않는 수용소 같은 곳에서 너를 데리고 온 것, 정말 잘한 일이다.

그의 손편지

얼마 만인가, 손편지를 받은 적이. 아니 손으로 편지를 써본 적이. 무심코 옛날에 읽었던 소설을 펼쳐보다가 손편지 하나를 발견했다.

이럴 수가. 포크너의 중편소설. 흰 표지에 붉은 제목.『내가 죽어 누워 있을 때』. 책 겉장을 넘기니 오른쪽 귀퉁이에 책을 읽은 날짜가 적혀 있다. 아니, 반백 년 전 호랑이 담배 먹던 시절 아닌가. 그해 가을학기, 이 소설을 읽었던 기억이, 산발한 파마머리를 한 열정적인 교수의 모습이 떠오른다. 책 속에는 손편지와 함께 두 개의 와인잔이 그려진 생일 축하 카드도 들어 있었다.

함께 축하하자. 이 희한한 날씨를. 우리가 태어난 그날은 참으로 화창했단다. 생각나니? 네 눈에 처음 보인 그 세상이? 생일 축하한다.

반백 년을 잠자던 그 글자들은 내가 읽기 시작하자 다시 깨어나는 듯했다. 편지 쓴 이의 목소리가 들리는 듯했다.

그와 나는 음력으로 생년월일이 같았다. 다른 대학을 나오고 전공도 다른 우리는 기숙사에서 처음 만났다. 그는 국제정치를 공부했는데, 성격이 부드럽고 영어도 수준급이어서 방송국에서 영어 담당 아나운서로 일하기도 했다. 두 사람은 생년월일이 같은 것에 신기해하며 가까워졌다.

그는 밤늦도록 기숙사 라운지에서 피아노 건반을 치듯 전동 타이프라이터를 두들기며 논문을 쓰곤 했는데 그런 그를 보며 그의 필리핀 룸메이트가 한탄하기도 했다. 너희들은 집에서도 학교에서도 제 나라 말을 쓰는데, 영어를 이렇게 잘하는구나. 우리는 아직도 영어를 공용어로 쓰는데.

우리 두 사람과 그의 필리핀 룸메이트는 여름방학에 미국 본토 여행을 할 기회가 있었다. 우리는 쏟아지는 한여름의 열기 속에서 그레이하운드를 타고 서부에서 중부를 거쳐 동부로, 광활한 미대륙을 횡단했다. 하와이 섬에서 한 학기를 공부했던 우리에게 미 대륙의 모습은 경이로움 그 자체였다. 버스에 타고 내리는 새카만 흑인 가족들도 신기하기만 했다.

우리의 여행들. 가령, "샌프란시스코에 가면 머리에 꽃을 꽂으세요." 그 아름다운 도시의 공항에 내리니 비가 내리고 있었다. 금발의 삼십 대 백인 여성이 노란 장미를 들고 마중 나왔고, 우리는 그의 아파트에 가서 라비 샹카의 음악을 들었다. 아마도 그는 당시 샌프란시스코에 불고 있던 히피 정신의 영향을 받은 듯 낯설고 새로운 문화에 대한 호기심이 가득했다.

산타페도 생각난다. 그 독특한 인디언 문화의 중심지. 우리는 그곳의 이국적이고 낯선 풍광에 매혹되었다. 끝없이 늘어선 좌판에 진열된 인디언 장식품들의 영롱한 색깔. 우리를 안내했던 가이드를 따라 둘러본 인디언 박물관의 유물들. 그러나 알록달록한 구슬 목걸이와 팔찌에 정신이 팔린 우리가 그들의 상실의 역사에 대해 알게 된 것은 그 이후의 일이다.

그리고 그랜드캐니언. 나는 그 거대한 황토색 협곡을 마주했을 때의 충격을 지금도 잊지 못한다. 우물 안 개구리가 광활한 하늘 아래 서게 되었을 때, 끝없는 사막을 홀로 마주하게 되었을 때, 그 현기증. 나는 미세한 점이 되어 흔적 없이 사라졌고 동시에 광대무변한 우주 속으로 확장되고 있었다. 지금도 눈을 가늘게 뜨고 바라보면, 아득한 붉은 협곡 저 아래 콩빛의, 진한 초록색 띠가 구불구불 이어지는 것이 보이는 듯하다. 로키산맥을 관통하는 콜로라도강이었다.

우리는 그해 여름, 일종의 그랜드 투어를 했을 것이다. 낯선 장소와 사람과 충격을 거쳐가며, 되돌릴 수 없는 통과의례의 터널 속으로 휩쓸려 갔을 것이다.

여름이 끝나고 우리는 헤어졌다. 가을 학기를 위해 각자 학교로 갔다. 그리고, 그해 겨울 그는 우리의 생일을 자축하는 카드를 보냈던 거다. 큰 봉투에는 빨간 털양말 두 켤레도 들어 있었다.

그와 나는 그 이후 서울에 와서도 제대로 만나지 못했다. 그는 결혼과 출산, 강의, 등으로 바쁘게 살다가 삶의 정점에서 세상을 떠났다. 급성질환이었다는 소문을 뒤늦게 들었다.

내가 책 속에서 발견한 것이 타이프라이터로 친 편지였다면 어땠을까. 손으로 쓴 그의 편지는, 얼굴 표정, 목소리, 손가락의 움직임까지 되살려내면서 섬광 같은 그 여름을 불러온다.

셰리

라디오에서 디트리히 피셔디스카우와 제럴드 무어의 음악이 나온다. 두 사람의 이름을 듣는 순간, 시공을 거슬러 보스턴 심포니홀이 나타난다. 아득한 봄밤. 그리고 셰리와 나.

셰리는 시카고 출신의 일본계 미국인 2세, 동양미술사를 공부했다. 나의 기숙사 룸메이트였다. 그는 늘 밤늦도록 책상에 앉아 불상 사진들을 들여다보았다. 마노아 계곡을 흐르는 물소리가 유난히 크게 들렸다. 경주 불국사를 답사하기도 했고 모친은 그에게 한복을 선물하기도 했다.

그 이후 몇 년 만에 우리는 다시 만났다. 나는 케임브리지에 머물면서 학교 근처 아파트에 방 하나를 세 들어 살고 있었다. 그는 석사 학위를 받은 뒤 뉴햄프셔에 있는 일본 스님이 운영하는 젠 공동체에서 명상과 노동의 삶을 살고 있었다. 채소를 키우고 닭을 길렀다.

진눈깨비가 오락가락하는 봄밤이었다. 셰리는 화장기 없는 얼굴에 허름한 회색 코트를 입고, 나는 단벌 자주색 망토를 펄럭이며 보스턴 심포니홀에 갔다. 홀 가득한 청중들, 저기 저 앞 무대 위, 피아노 앞에 앉은 제럴드 무어와 청중을 향해 선 피셔디스카우. 전성기의 두 예술가의 단아한 모습, 그들이 함께 창조해내던 그 아름다운 무대를 오랫동안 기억했다.

음악회가 끝나고 정적에 잠긴 야드를 걸어왔다. 우리가 빠져 있었던 신비한 화음이 둥둥둥 따라왔고 이따금씩 날리는 흰 눈 사이로 우리도 숨차게 날아오르는 듯했다.

숙소에 돌아와 우리는 배추를 썰어 엉성하게 김치를 담가 유리병에 넣었다. 그가 다음 날 아침 뉴햄프셔로 가지고 갈 것이었다.

그는 논문 때문에 의기소침한 나에게 이런 이야기도 했다. 그가 머무는 공동체에서 키우는 닭들은 늘 뒤뚱거리며 먹이를 찾아다닌다. 그런데 스님은 매일 닭 한 마리를 정해놓고 쫓아간다. 닭은 꼬꼬댁댁 비명을 지르며 달아난다. 쫓고 쫓기는 일이 반복된다. 어느 날, 스님은 그 닭을 붙잡기로 작심한다. 닭을 맹추격하는 스님, 스님의 뜻을 알아챈 닭은 죽기 살기로 달아난다. 며칠이고 반복된다.

그래서? 어느 날 필사적으로 도망치던 닭은, 막 스님의 손아귀에 잡히려던 닭은, 휙 몸을 던진다. 날아오른다. 와, 닭이 날았다!

하하하. 깊어가는 봄밤, 우리들은 소리 내어 웃었다.

셰리

생일

이른 새벽, 천지에 폭설. 그리고 칼바람. 스마트폰 화면에 문자가 뜬다. 생일 축하합니다.

오늘이 생일? 몇 년 전부터 생일 같은 거, 상관하지 않기로 했고 그 이후 잊고 지내는데?

그해 겨울도 엄청 추웠다. 폭설도 내렸다. 차들은 멈추고 사람들이 광장으로 나왔다. 털모자 쓴 젊은이가 굵은 나무 막대기를 광장 끝으로 던지면 북슬이가 맹렬하게 달려가서 물어왔다.

그날, 나에게 꽃 상자가 배달되었다. 한파와 폭설 속에 도착한 길고 날렵한 초록 상자. 상자를 열고 부드럽고 얇은 흰 포장지를 벗긴다. 크고 잘생긴 흑장미가 열두 송이 들어 있다.

어디 숨었던 기억이 이렇게 찾아오는가. 뜻밖의 선물을 또 한 번 받은 것 같네.

장미, 고마워요. 너무 늦게 허공에 던지는 인사다.

지상의 방 한 칸

사무실에서 연락이 왔다. 지금 있는 이 숙소에서는 6월 말까지만 머물 수 있으니 다른 곳을 구하는 게 좋겠다고 했다. 나는 8월까지 연장 시청을 해놓고 기다리던 참이었다. 봄학기는 끝나고 서머스쿨이 시작되는데, 7월 한 달을 머물기 위해 다시 방을 찾아야 한다는 소리였다. 난감했다.

지난 일 년, 이 비싼 곳에 살면서 편리한 것이 많았다. 한 달에 방세가 2천 달러나 되는(2백 달러가 아니다) 이곳은 주로 학회 참석자들이 잠깐 머무는 호텔식 시설을 갖추고 있다. 매일 도우미가 들어와서 청소하고, 침대 시트를 갈아주고, 냄비 주전자 등 간단한 부엌 살림까지 갖춰져 있다. 밤 사이 무슨 일이 생길지 모르니 도우미가 아침마다 들어오는 것은 중요하다.

창밖에는 아름드리나무들이 서 있고 흰 새들이 날아다녔다. 강의실은 길 건너에 있었고 도서관도 5분이면 걸어가고 연못에 내려가면 빨간색, 노란색 크고 활기찬 금붕어들이 헤엄쳤다. 슈퍼마켓은 걸어서 30분이면 갈 수 있고, 가는 길에 유치원과 초중고등학교 학생들도 볼 수 있다. 운전을 하지 않는 나에게는 적절한 곳이었다.

그런데 이제 새 거처를 찾아야 했다. 생각해보니 이런 식으로 방을 구하러 다닌 적은 없었다. 오랫동안 같은 동네 작은 한옥에서 살았고, 기숙사에서 살았고, 그 이후 지금까지는 같은 아파트에서 살았다. 그러니까 나에게 이사라는 단어는 생소했다.

아침에 일어나면 방 구하는 전화로 하루를 시작했다. 한 달간 머물 방을 구하기는 쉽지 않았다. 학교 주변을 시작으로 시내에 있는 와이엠씨에이 숙소까지. 인터넷에서 찾아낸 곳으로 전화를 하고 또 했다. 같은 말을 반복하고 같은 말들을 반복해서 들었다. 한 달 있을 방을…… 곧 방이 나올 텐데, 다시 전화해라.

몇 군데는 직접 찾아가보기도 했다. 한 달짜리 월세로 나온 방들. 찢어진 벽지, 황급히 떠난 듯 바닥에 쌓인 쓰레기. 그래. 모두들, 이런 방들을 치우고 꾸미면서, 가족사진을 머리맡에 두기도 하면서 한 달이고 일 년이고 삶을 꾸려가는 것이다.

언젠가 보았던 다큐멘터리. 뉴욕 맨해튼. 건축가들이 나와서 도시 주거 환경에 관해 토론하고 있었다. 중간중간 보여주던 화면들이 아직도 인상 깊게 남았다.

거대 도시의 홈리스들, 겨울밤. 다리 밑인지 고층 빌딩 사이의 골목인지, 그들의 주거지. 널빤지 하나, 상자 하나, 신문지 몇 장. 이런 것들로 얼기설기 바르고 못으로 박고 끈으로 엮어 만든 공간. 전구가 한쪽 구석에 달려 있었다. 한 사람에게 필요한 절체절명의 공간, 대치될 수 없는 지상의 방 한 칸이 거기 있었다.

떠오르는 어두운 기억도 있다. 서울, 한파경보 속, 천지가 얼어붙었던 그해 겨울, 이른 아침 연락이 왔다. 건설 현장에서 일용직으로 일하며 조용하고 성실하게 야학에 참여하던 젊은이. 그날 밤 그는 상자 속에 전구를 달아놓고 잠들었다가 깨어나지 못했다. 영안실에는 대학생들 두어 명이 빈소를 지키고 있었다.

생각나는 건축가도 있다. 종이 건축으로 잘 알려진 일본의 반 시게루. 그는 이재민들을 위해 값싸고 내구성 강한 종이로 건물을 세운다. "돈과 명예, 중요하지만 내 속에는 그것만으로 만족할 수 없는 요소가 있다." 천막처럼 보이기도 하는 그의 종이 건축물들은 다른 재해 지역으로 옮겨지며 긴요하게 사용된다.

그해 6월, 어둠이 내릴 무렵 방 한 칸을 찾다가 허탕치고 돌아올 때, 내 눈에 들어오는 불 켜진 창문 하나하나는 참으로 절실한 우리 삶의 착지점이었다.

케네디극장

오늘 밤, 숙소 맞은편에 있는 케네디센터에 갔다. 무용과 학생들의 졸업발표회. 케네디센터 무대의 기억이 떠오른다.

그날은 각국의 유학생들이 전통 춤과 노래와 악기를 자랑하는, 일종의 인터내셔널 페스티벌이 열리는 날이었다. 일본의 가부키, 인도네시아의 인형극, 파키스탄의 노래. 한국 여학생들은 출국 직전 벼락치기로 배워온 거문고 연주와 부채춤, 그리고 탈춤을 자랑했다.

아직 탈춤이 생소하던 1970년대 초반, 대학 사회에도 퍼지기 이전이었다. 나는 신문에서 우연히 우리 탈춤에 관한 기사를 읽고 무용과 선생님의 소개로 탈춤 선생님을 소개받았다. 전공 학생들 외에는 개인 레슨을 받는 경우도 드문 시절이었다.

그는 나에게 파계승이 추는 간단한 탈춤을 가르쳐주고 춤에 맞는 음악을 국립국악원에서 녹음해주었다. 나는 울긋불긋한 탈과 흰색 바지저고리도 준비했다.

그날 저녁 넓은 케네디센터에 넘쳐나던 축제의 에너지. 객석을 메웠던 청중들과 무대를 채웠던 아마추어 춤꾼과 음악가들의 열성. 무섭고도 유머러스한 탈을 쓴 파계승이 우리 가락에 맞추어 팔다리를 휘저으며 무대 위로 등장할 때의 흥분과 기대. 새로운 경험이었다.

다시, 이날 저녁. 케네디센터에는 옛날의 흥분과 설렘은 없었다. 그러나 무용과 졸업생들이 준비한 무대는 단정하면서도 수준 높았다.

각 순서가 시작될 때마다 전통 복장을 한 남자 무용수가 하와이 언어로 인사말을 하고, 무대 뒤쪽에서는 그들 고유의 선율이 울려 퍼지는 것이 인상적이었다. 청중들은 마음을 가다듬고 새로운 경험을 맞이할 준비를 한다.

엷은 벼 색깔의 무용복을 입은 여학생들이 등장한다. 그들의 맨 앞에 이 춤을 관장하는 나이 든 원주민 여성 무용수가 있다. 땅과 바다의 어머니. 섬의 수호여신. 그가 등장하는 의미는 무엇인가. 자신들의 춤과 음악을 와이키키 해변의 관광상품으로만 남겨둘 수는 없다. 그래서 그와 후배 무용수들은 함께 전통과 현대를 어떻게 받아들여야 하는지, 살려내야 하는지를 보여주려는 것이다.

그들은 장식 없는 담백한 무대 위에서 훌라춤을 춘다. 두 팔을 하늘을 향해 솟구치며 엉덩이를 흔드는 동작들은 얼마나 순결한가. 어느 순간 그들이 얏! 외치면서 정지할 때, 무대와 객석은 예술이 줄 수 있는 그 희귀한, 자기 초월의 순간을 경험한다.

케네디극장

이번에는 현대무용이다. 눈앞에 펼쳐지는 간결하고 힘찬 동작들. 둘씩 셋씩, 보라색 연두색 드레스를 입은 그들이 무대를 차며 뛰어오른다. 정지한다. 다시 빙빙 돌고 솟구치다가 퇴장한다. 눈 깜짝하는 사이에, 초여름 잠자리들의 군무를 본 듯하다.

나는 객석에 앉아 깊은숨을 내쉰다.

소년

해밀턴 도서관의 넓은 로비, 이란 사진전이 열리고 있다. 나는 어느 사진 앞에서 한참 서 있는다. '아프칸 소년, 테헤란, 이란, 2011년.'

사진 속에는 뉴욕대학의 로고가 박힌 티셔츠를 입은 어린 소년이 시가 인쇄된 엽서를 내밀며 환하게 웃고 있다. 이런 설명. '초등학교 4학년 이 소년은, 낮에는 학교에 가고 저녁에는 퇴근 인파로 붐비는 테헤란의 전철역에서 14세기 이란의 유명한 시인 하페즈(Hafiz)의 시를 팔고 있다. 시는 페르시아 문화에서 대단히 중요한 위치를 차지한다.'

하페즈(1315~1390)는 이란의 국민시인으로 본명은 호자 샴스 웃 딘 모하메드이다. 아랍어에서 하페즈는 암송자라는 뜻인데 어린 나이에 쿠란을 잘 암송하여 붙여진 별명이 필명이 되었다고 한다. 그는 이슬람권에서 예술적 표현에 관대했던 수피였는데, 사랑의 애틋함과 연민을 노래하는 그의 시집은 쿠란과 함께 이란인들의 가정에 필수적이다. 나무 아래서 물담배를 피우며 그의 시를 읽기도 하는 이란인들.

사진 앞에서 나는 상상해본다. 서울, 한여름 퇴근길. 어린 소년이 내미는 시가 적힌 엽서를 사 들고 승객들은 전철을 탄다. 피곤한 눈을 비비면서도 엽서에 적힌 시를 더듬는다. 눈이 푹푹 쌓이는 밤 흰 당나귀를 타고 산골로 가는 나타샤.

그러다가 문득 궁금해진다. 그 소년들은 어디로 갔나. 신문과 껌을 팔며 도시를 누비던.

청포도

오늘 한국 시 과목을 종강했다. 수강생들은 한국에서 고등학교 졸업 후 유학 온 학생들과 교포 학생들, 일본 학생들, 미국 학생들, 열다섯 명이다. 한국인 어머니와 미국인 아버지, 한국인 어머니와 일본인 아버지, 일본인 어머니와 미국인 아버지를 둔 학생들.

그들이 이 과목을 택한 이유는, 물론 한국문학을 알고 싶어서이다. 또 한국어가 모국어이거나 이미 한국어를 어느 정도 할 수 있기 때문이다. 한국어를 전혀 모르는 학생들은 한국어도 배우고 한국에 대해서도 알고 싶어서이다.

나는 이들이 강의실에 들어오는 것이 반갑고 기특하다. 한국 시를 읽고 어떤 반응을 하는지도 궁금하다. 이 과목을 통해 그들이 부모 세대를 더 잘 이해하게 될는지도 알고 싶다.

나는 그들에게 시 낭독의 기쁨을 강조한다. 그래서 다 같이 소리 내어 시를 읽은 뒤 다시 한 사람씩 감정을 넣어 낭송한다. 어디서 읽었더라? 텍스트는 큰 포도밭이다. 단어 하나하나를 읽는 것은 포도 알 하나하나를 입안에 넣고 톡 깨무는 것과 같다. 하아, 이런 비유라니. 나는 그들에게 입안에서 포도알 터뜨리는 기쁨을 상상해보라고 한다.

내가 소리 내어 시를 낭송한 것이 언제였나. 학부 때였나. 강의 시간에 영시 또는 희곡의 한 장면을 외운 뒤 큰 소리로 낭송하기도 했다. 이른 아침, 창밖으로는 늦가을 잎들이 떨어지고 잠에서 덜 깬 목소리를 가다듬는다. "오 로미오, 저를 사랑한다고 맹세해주세요."

한국어 시 수업은 계속된다. 중간에 취소하는 학생은 별로 없다. 학생들은 매 시간 시를 낭송한다. 똑떨어지는 발음, 어눌한 발음, 한국어 처음 배우는 발음. 우리들은 많이 웃기도 한다. 학기가 끝날 무렵 나는 그들과 약속한다. 종강하는 날은 각자 좋아하는 시를 외워서, 앞에 나와서 멋지게 낭독합시다. 그들은 무표정하게 또는 흥미 있다는 표정으로 듣고 있다. 또는 기말 성적과 상관 있느냐고 묻기도 한다.

마지막 수업. 학생들이 차례를 기다리며 긴장한다. 입술을 달작거리며 외우느라 분주하다. 한 사람씩 앞으로 나온다.

어떤 아이는 「청포도」를 낭송한다.

　　내 고장 칠월은
　　청포도가 익어가는 시절

이 마을 전설이 주저리 주저리 열리고
먼 데 하늘이 꿈꾸며 알알이 들어와 박혀……

또 어떤 학생은 윤동주의 「서시」도 외운다.

별을 노래하는 마음으로
모든 죽어가는 것을 사랑해야지
그리고 나한테 주어진 길을 걸어가야겠다……

그리고 「진달래꽃」을 제일 많이 낭독한다. 시가 짧고 노래로도 익숙해진 듯하다.

나 보기가 역겨워 가실 때에는
말없이 고이 보내드리오리다

영변에 약산 진달래꽃
아름 따다 가실 길에 뿌리오리다……

그들이 몰입하여 시를 낭송하는 모습은 낯설고 새롭다. 어수선하게 다리를 달달 떠는 모습, 손거울을 꺼내 립글로스를 발라대는 모습은 온데간데없다. 내 안으로 엷은 감동이 지나간다. 수업이 끝난 뒤 그들은 고마웠어요, 라고 말한다. 또는 그냥 고개를 까닥한 뒤 가방을 챙겨 들고 나간다.

텃밭에서

　일주일에 서너 번 마노아 계곡을 거쳐 슈퍼마켓에 간다. 잘 손질된 주택가를 지나가는데, 집집마다 마당에 크고 작은 텃밭들이 있다. 사계절이 뚜렷하지 않은 이곳에서는 봄이면 씨 뿌리고 가을이면 거둔다는, 그런 분명한 경계선은 없는 듯하다. 그래서 언제나 텃밭 만들기는 진행 중이다. 어떤 집의 텃밭은 이제 막 고른 흙에 거름을 섞고 있기도 하고, 또 어떤 텃밭에는 서너 개의 작물들이 잘 자라고 있다.

　내가 지나다니며 눈여겨보는 그 집 텃밭은 지금 한창 진행 중이다. 편편하게 흙을 고르고 있는 중이고 비료를 담은 포대들과 호미와 삽들이 여기저리 놓여 있다. 그런데 한 번도 텃밭에서 일하는 사람을 본 적이 없다. 내가 지나가는 시간이 오전 10시 전후인데, 밭에는 아무도 없다. 그러면서도 밭 가운데는 흙이 담긴 손수레가 있다. 아침 일찍 가꾸고 출근했나? 집안일을 하러 들어갔나. 덕분에 나는 좀 더 텃밭을 이리저리 들여다보곤 한다.

그러다가 어느 날, 처음으로 텃밭에서 일하는 사람을 봤다. 반바지를 입은, 사십 대의 건강한 주부처럼 보였다. 그이는 텃밭의 흙을 잘 고른 뒤 비료를 섞고 있었다. 나는 계속 그이를 바라보며 서 있다.

그이는 텃밭 한 모퉁이에 쌓인 덤불 비슷한 것을 거둬 옆에 세워놓은 손수레에 담고 있다. 나는 반가웠지만, 짐짓 무심한 듯, 말을 걸었다. "안녕하세요. 뭐 심을 건데요?"

그이는 자기가 앉아 있는 사각형 밭의 한쪽을 가리킨다. 잘 보니 제법 큰 푸른 싹이 두 개, 작은 싹이 한 개 자라고 있다. 그이가 말한다. "호박이에요. 호박을 슈퍼에서 사다가 먹고 그 씨를 땅에 심은 건데, 저렇게 싹이 났어요. 곧 여름이 되면 쫙 땅을 덮을 거야." 그이는 마치 누군가가 물어주기를 기다렸다는 듯 신이 나서 말한다.

"어, 그래요?"

그이는 또 텃밭 옆에 있는 작은 빈터를 가리키며 덧붙인다. "여기는 토마토를 심을 거야."

"어, 그래요?"

텃밭이 구색을 갖추게 되는 듯했다. 하기사 텃밭이 하루아침에 짠! 하고 완성되는 게 아니지. 이렇게 계속 조금씩 가꾸어야 하는 거지. 그래서 텃밭은 늘 같은 모양인 듯 보이지만 조금씩 달라지는 거잖아. 매일 천천히, 덤불을 치우고 흙을 고르고 비료를 섞고, 씨를 뿌리고…… 그러다 보면 어느 날 번듯한 밭이 되어 있잖아. 어디 텃밭

뿐이겠어. 만사가 그렇지.

하여간에, 눈앞에 있는 그의 텃밭이 그러고 보니 제법 커 보였다. 전체가 대개 열 칸으로 나눠진 것 같았다. 한쪽 끝에는 무궁화나무가 서 있는데 분홍 꽃이 피었다. 중간쯤에 있는 작은 나무에는 열매가 많이도 달려 있다. 무슨 나무인가. 밭의 앞쪽에 있는 작은 화분에서는 풀처럼 보이는 식물이 자라고 있다. 이런 식이었다. 정성 들여 꽃밭을 가꾼다거나 하는, 그런 흔적은 없었다. 그냥 생각나는 대로, 여기 나무 하나 저기 풀 하나. 그런데도, 아마도 그래서, 텃밭은 서로 잘 어우러지고 있다.

여자와 얘기를 끝내고 돌아서며 생각한다. 저이는 무심하게 되는 대로 움직이는 듯하지만, 아니야. 머릿속에 계획이 있잖아. 호박 옆에는 토마토를 심고, 작은 화분에는 풀을 심고, 그렇게 텃밭의 모습을 미리 그려보고 있잖아. 지금 싹이 난 세 개의 호박잎들이 여름이면 좍 펴져 있을 거라고 하잖아. 지금 엉성해 보이지만 그의 머리에는 잘 가꿔진 텃밭이 완성되어 있어.

한동안 텃밭을 멀리했다. 나의 하루는 그저 그런데, 텃밭은 보일 듯 말 듯, 매일 변하는 것이 부담스러웠나 보다.

그러다가 어느 아침, 텃밭에 갔다. 화사한 날씨, 주위는 조용하다.

이럴 수가! 그 사이에 텃밭은 변해도 너무 변했다. 내가 기억하고 있는 그 텃밭은 온데간데없다. 호박꽃들이 여기도 하나, 저기 넝쿨 아래도 하나, 둘 셋, 아홉 개나 피었구나. 세 개는 활짝 피었고 나머지는 길쭉한 봉오리들이다. 저런, 저기 저 봉오리는 피지도 않고 떨어졌구나. 그렇지, 봉오리가 다 피는 건 아니지. 그리고 꽃이 피었어도 다 열매가 열리는 건 아니지.

저쪽 끝에 무성한 풀은 무엇인가. 저 구석에 달린 것은 작은 호박인가. 나는 울타리 밖에 서서 고개를 이리저리 돌리며 분주하다.

매일 왔어야 했다. 변해가는 텃밭의 모습을 그때그때 마주했어야 했나 보다. 오늘은 작은 봉오리, 내일은 봉오리가 조금 열리고, 다음 날은 환하게 피고, 이런 과정들을, 중간에 불참했으므로, 나는 놓쳐버린 거다.

그렇다. 과정을 외면한다고 생명이 멈추는 건 아니다. 외면하는 그 순간에도 움직인다. 잠깐 한눈 팔아도, 아니 두눈 다 뜨고 있어도, 쉬지 않고 변한다.

2부

흐르는 사람들

내 사랑 프라이드

아직 운전하세요? 머뭇거리며, 네에에.

아직 그 차예요? 확실하게, 네.

잉크색 프라이드 베타. 1995년 처음 만나 우리가 헤어질 때까지 그 단정하던 모습은 변하지 않고 여전했다.

그를 타고 처음 연수받을 때의 기억도 새롭다. 오십 대 초반의 최 기사. 오랫 동안 초보운전자들을 가르친 전문가. 그에게 운전을 배우면서 배려와 인내심에 대해 줄곧 생각했다.

연수가 끝날 무렵. 양수리에 있는 묘지에 갔다. 내가 처음 운전석에 앉고 그는 옆자리에 앉고, 뒷좌석에는 초등학교 일 학년 여학생이 탔다. 초긴장 상태로 올림픽대로를 달려, 팔당대교를 지나, 터널을 지나, 공원묘지 입구에 도달했다. 그러나 한겨울, 간밤에 내린 진눈깨비로 가파른 언덕을 올라갈 수 없었다.

그래도 우리는 그날 성묘를 하고 왔다. 그는 여기까지 왔는데, 그냥 돌아갈 수 없다면서 쫓기는 시간에도 개의치 않고 묘지가 있는 저 높은 곳까지 함께 올라갔다. 준비해 간 돗자리, 소주와 꽃을 세 사람이 나누어 들고 구두를 노끈으로 묶고 미끄러지는 경사진 길을 하여 간에 올라갔다. 그 추운 겨울 이른 아침. 햇빛에 반짝이던, 얼어붙은 하얀 언덕길을, 허리를 구부리고 조심조심 올라가던 세 사람. 붉은 글라디올러스 꽃묶음을 놓치지 않으려고 꼭 안고 가던 아이. 참으로 영롱한 기억이다.

우리는, 나와 내 프라이드는 이십여 년도 넘는 동안 출퇴근을 함께했다. 아파트 단지를 나서서 서강대교를 건너서 신촌 학교 교문으로 들어와 뒷산을 한 바퀴 돈 후에 주차장으로 갔다. 하루 종일 서 있을 그를 위해 아침 산책을 했다.

세월이 흐르면서 경차가 드물어지고 큰 차들이 쌩쌩 달렸다. 그래도 우리는 도로 가장자리를 즐겁게 달렸다. 큰 차들은 우리를 보호해주었다.

아찔한 사고도 두어 번 있었다. 정신이 어수선하고 산란하기 짝이 없던 어느 날, 나는 허둥거리며 무작정 김포공항 쪽으로 달렸다. 어디로 가는지 갈팡질팡했다. 그러다가, 순식간에 마주 오던 큰 버스와 부딪쳤다. 버스는 멈칫하더니 사라져버렸고 내 프라이드 앞부분이 주저앉고 덜렁거렸다. 넋이 나간 채 나는 차를 운전하여 아파트로 돌아왔다.

그런 사고가 두어 번 있었는데, 그때마다 프라이드는 반파되었지만, 운전석에 앉은 나는 멀쩡했다. 후유증도 없었다. 천우신조라고, 조상님들이 도처에서 보살핀다고 나는 철석같이 믿었다.

내 프라이드에게 미안했던 적도 있었다. 언젠가 아침 등굣길, 어쩌다가 대강당에서 쏟아져 나오는 학생들 사이를 지나가게 되었다. 당황했다. 채플 끝나고 서둘러 수업 들어가야 하는 학생들을 이렇게 작고 후진 차가 방해하는 것 같았다. 맹세컨대, 그것은 전혀 예상하지 못했던 감정이었다. 내가 크고 당당한 차를 타고 지나갔다면 그런 느낌은 없었을까? 달랐을까? 그때 내 프라이드에게 느꼈던 그 감정이 나는 늘 부끄러웠다.

하여간에 내 작은 프라이드는 건재했다. 시간이 갈수록 더욱 야무지고 튼튼해지는 듯했다. 프라이드는 이런 찬사들을 받기 시작했다. 어마, 차 이쁘네요. 이거 벤츠보다 더 귀한 거네. 새 차를 사실 때는 꼭 저를 주세요. 학교 앞 단골 세차장 청년도 아파트 경비 아저씨도 말했다.

은퇴가 가까워지면서 버스로 오가는 일이 많아졌다. 프라이드를 인문관 지하주차장 맨 끝에 세워놓았다. 바깥 날씨가 화창하면 프라이드와 함께 밖으로 나와 한 바퀴 돌며 나뭇잎들도 보고 지나가는 학생들도 보았다. 가끔 그가 이렇게 말하는 것 같았다. "난 매일 바람 쐬고 싶다구요."

그럴 때면, 아이를 시설에 맡겨둔 부모가 어쩌다가 와서 장난감 주고 가버리는 듯하다는, 그런 생각이 들기도 했다.

그러다가 나는 은퇴를 했다. 프라이드는 아파트 단지 큰 나무 아래 서 있는 날이 계속되었다. 나는 그와 함께 있고 싶었다. 헤어지고 싶지 않았다. 그래서 그가 달리지 않아도, 세금도 내고 보험금도 내면서 세상 속에서의 그의 존재를 확보해주었다. 그는 당당하게 서 있었다. 나는 오가며 그의 옆구리를 쓰다듬기도 하고, 앞 유리창을 탕탕 치면서, 야. 이렇게 만나니까 좋구나, 크게 말하기도 했다.

　그러다가 어느 날부터 프라이드는 시동이 걸리지 않았다.

　프라이드와 작별하던 날, 나는 깨끗하게 세차를 했다. 차를 싣고 가는 기사에게 웃돈을 주고 한참 동안 그를 배웅했다. 몹시 추운 날이었다.

　우리가 함께 보낸 다사다난했던 이십여 년. 그와 나의 한창 시절이었다.

이야기 주머니

재미있는 이야기를 읽었다. 조선 전래 동화집. 제목은 『이야기는 이야기를 해야지, 넣어둘 것은 아니오』. 무슨 소리냐 하면, 옛날이야기를 들으면 그걸 제 주머니에 꿍쳐두지 말고 다른 사람에게 말해야 한다는 거다.

그래, 좀 더 들어보자.

옛날도 그 옛날, 어느 동네에 부잣집 도련님이 살고 있었다. 도련님이 세상에서 제일 좋아하는 것은 다른 사람의 이야기를 듣는 것이었다. 신기하다. 부잣집 도련님이라면 좋아할 것이 엄청 많을 텐데. 맛있는 것도 먹고 연도 날리고. 하여간에, 그는 이야기를 너무 좋아해서 이야기를 들으면 자기 주머니 속에 꼭꼭 담아두었다. 누구에게도 말하지 않았다. 마치, 주머니에 금화 은화 동전들을 차곡차곡 모아두는 것 같다. 아이고. 주머니에 동전이 꽉 차면 어떻게 될까?

하여간에 도련님의 주머니에 이야기들이 꽉꽉 들어찼다. 이야기들은 숨이 막혀 죽을 지경이다. 흐흐. 난리가 났다. 지금부터 잘 보자.

이야기들은 도련님에게 복수를 결심한다. "여보게들, 우리가 이렇게 햇빛도 못 보고 숨도 못 쉬고 이 구석에서 썩고 있다니 원통하지 않은가. 이놈에게 원수를 갚자."

이래서 이야기들은 호시탐탐 기회를 엿본다. 섬뜩하다. 이 비슷한 경험이 나도 있다. 언젠가 오래 쌓여 있던 짐들을 꺼내다가 색이 바랜 노트 하나를 펼치게 되었다. 잉크 자국이 번지기도 한, 까물거리는 작은 글자들이 빼곡 차 있는데, 그 순간 갇혀 있던 까만 개미 새끼들이 독이 올라 식식거리는 것처럼 보였다. 으으윽. 하여간에 그런 일이 있었다.

다시 도련님 이야기, 도련님 주머니에 갇혀 있는 이야기들은 작심하고 복수할 때를 기다린다. 때가 왔다. 도련님이 장가를 가게 되었다. 이때다! 이야기들은 무서운 계획을 세운다. 장가 가는 날, 신랑은 말을 타고 이웃 동네에 있는 신부 집으로 갈 것이다. 이야기들은 작전을 세운다. 먼저 신랑이 가는 길가에 맛있는 그러나 독이 잔뜩 오른 산딸기가 되어 기다리자. 그게 실패하면? 목이 마른 도련님이 마실 수 있도록 독이 든 맑은 냇물이 되자. 그래도 실패하면? 최후의 수단을 쓰자. 무시무시한 실뱀이 되어서 첫날밤 신방에 숨어 있다가 신랑을 공격하자. 무섭구나, 도련님 주머니에 갇혀 있는 이야기들의 원한.

계속하자.

맛있게 보이는 산딸기, 시원하게 흐르는 냇물, 그리고 무서운 실뱀. 도련님은 이 위기를 넘길 수 있을까?

구원투수가 등장한다. 도련님의 머슴이다. 머슴은 이야기들의 복수 계획을 엿듣게 된다. 놀란 그는 도련님을 보호하기로 결심한다. 도련님은 마음씨가 착해서 머슴을 잘 챙겼나 보다. 하여간에 도련님이 장가가는 날 머슴은 도련님이 타고 갈 말을 끄는 마부가 된다.

늠름하게 신부 집으로 향하는 신랑. 그런데, 그는 목이 마르다. 마침, 길가에 열려 있는 빨간 딸기들이 먹음직스럽다. 신랑은 딸기를 따달라고 하지만, 물론, 머슴은 못 들은 척 번개처럼 지나간다. 도련님은 화가 났지만 장가가는 날인지라 꾹 참는다. 다시 한참을 더 간다. 이번에는 맑은 시냇물이 흐른다. 도련님은 급히 말을 멈추라고 하지만, 이번에도 머슴은 말에게 채찍질을 해가며 달려간다. 도련님은 너무너무 화가 났지만 꾹꾹 참는다. 머슴의 계획대로 도련님은 무사히 신부 집에 도착한다.

긴긴 잔치가 끝난다. 이제 무슨 일이 일어날 것인가. 밤이 되자 신랑이 신방으로 들어가려는 순간, 머슴이 먼저 칼을 휘두르고 고함을 지르며 방문을 열어젖힌다. 예측했던 대로 숨어 있던 수십 마리 실뱀들이 신랑을 향해 덤벼들기 직전이다.

그래서?

자초지종을 알게 된 도련님은 머슴에게 큰 상을 내린다. 머슴은 도련님과 함께 내내 행복하게 살았다.

이야기 주머니

그래서? 그 이후에 대해 우리는 알 수 없다. 도련님은 이야기를 거들떠보지도 않았는지, 또는 여전히 이야기를 좋아했고 자기가 들은 이야기들을 머슴과 신부와 사랑방 손님들과 나누었는지. 맛있는 약과를 나눠 먹는 것처럼 말이다.

한 가지는 분명하다. 도련님 주머니에 갇혀 있던 이야기들의 역습. 모든 억압된 것들은 악몽으로 괴질로, 드라큘라의 복수로 돌아온다.

그래, 이야기들은 살아 있다.

제왕나비

제왕나비에 관한 다큐멘터리를 보았다. 놀라웠다. 화면이 꺼지고도 한참 동안 나비들의 그 화려한 군무와 비상이, 그들의 일생이 눈앞에서 사라지지 않았다.

호랑나비가 동아시아 나비의 대표 격이라면 제왕나비는 북아메리카 나비를 대표한다. 날개 폭이 102밀리미터가 되는 이 화려한 대형 나비의 서식지는 유네스코 세계자연유산으로 등재되어 있는데, 이들이 큰 집단으로 움직이면, 미국과 멕시코의 국경 장벽으로도 막지 못한다고 한다.

좀 더 보자. 캐나다 남부와 미국 동부에 서식하는 제왕나비는 겨울이 오기 전 10월경부터 멕시코 중부를 향해 날아가기 시작한다. 이들이 눈과 더듬이를 사용하며 멕시코까지 날아가는 거리는 삼천여 마일, 지구를 네 바퀴 도는 것과 같다. 이들은 중간중간 쉬기도 하고 동면에 들어가면서 에너지를 비축한다.

제왕나비들의 뇌 속에 내장된 초감각적인 기능은 가장 뛰어난 항공 우주 시스템보다 더 정밀하다고 하니, 놀랍다. 산 넘고 강과 바다를 건너가는 나비들의 긴 여정은 위험과 모험으로 가득하다. 애팔래치아산맥을 넘고 대평원을 지난다. 강풍에 휩쓸리고 고속도로에서 자동차 유리창에 부딪쳐 떨어진다. 휴식하던 꽃밭에서는 고양이에게 습격을 당한다. 날개가 찢긴다. 긴 여행의 끝을 눈앞에 두고는 거미줄에 걸리기도 한다. 그런데 전혀 예상치 못한 일이 일어난다. 어디선가 시커먼 거미 한 마리가 나타나 거미줄을 끊어버리고 나비는 경련하듯 공중으로 날아간다. 거미가 나비를 잡아먹은 줄 알았는데. 그러나 거미는 나비가 근처에 있는 것을 원하지 않는다고 하니, 불가사의한 일이다.

　　제왕나비들은 천신만고 끝에 멕시코에 도착한다. 이들이 도착하는 10월 말에서 11월 초 사이는 멕시코인들이 죽은 이들을 기억하며 추모하는 기간이다. 그들은 제왕나비들의 귀환을 망자들의 영혼이 돌아오는 것이라며 환영한다. 수백 마리 제왕나비들과 망자들의 귀환, 그들의 화려한 춤과 노래. 경이롭고 신비하다.

　　이제 나비들은 짝짓기를 하고 박주가리라는 풀 위에 알을 낳고 죽는다. 그들의 임무를 다한 것이다. 알에서 부화한 애벌레는 이 풀의 유독성 유액을 먹고 자라며 이것이 이들을 작은 포유동물과 새들로부터 보호해준다.

　　그런데 알에서 나비가 될 때까지 이들은 몇 번의 변신을 거치는

가. 알이 애벌레로, 다시 번데기로 변한다. 그리고 비로소 이 번데기에서 호랑나비가 나타난다. 번데기 허물을 벗어던지면서 날개를 펼치며 솟구치는 화려한 호랑나비. 도대체 언제 어떻게 그 눈부신 날개가 생겼단 말인가. 지렁이를 넣은 마술 상자에서 흰 비둘기가 휘리릭 날아오르는 것보다 더 수수께끼 같은 일이다. 변신에 변신을 거치며 기다림과 인내를 통해 도달하는 생명의 신비이다.

계속하자. 이제 새로 태어난 나비들은 다시 긴 여정을 시작한다. 미 동부와 캐나다를 향해 출발한다. 떼를 지어 하늘을 날아가는 이들의 눈부신 모습은 넓은 강물, 또는 은하수의 흐름을 연상시킨다. 오염으로 가득한 세상에서 이렇게 그들은 외경과 초월의 영역을 환기시킨다.

제왕나비들의 삶은 위협받고 있다. 기후가 변하고 제초약이 뿌려지면서 나비들을 천적으로부터 보호해주는 박주가리 풀의 서식지가 사라지고 있다. 찬란하고 장엄한 대자연의 경이가 소멸되고 있다.

사라지는 것이, 위태로워지는 것이 제왕나비뿐이겠는가.

목련나무

아파트 입구 약간 뒤쪽으로 오래된 목련나무가 서 있다. 지나가는 사람들도 나도 그 나무를 잊고 산다. 이따금 5층 복도에서 바로 아래 서 있는 나무를 보고 아, 거기 있었지, 하는 정도이다. 또는 어린아이가 종이비행기를 날리다가 그 나뭇가지에 걸리면, 어? 하고 올려다본다.

그러나 나무는 일 년에 한 번, 봄이면 눈부신 존재감을 드러낸다. 검은 나뭇가지마다 일제히 달리는 흰색 봉오리들, 그러다가 만개. 그러다가 순식간에 낙화. 이어지는 긴긴 침묵, 여름, 가을, 겨울.

올해 봄에도 가지마다 흰 봉오리들이 다닥다닥 솟아올랐다.

내내 숨죽이며 지켜보았다. 조준을 끝내고 발사 신호만을 기다리는 총알들. 그런 긴장감이 봉오리 주위로 팽팽했다. 지난봄 이후, 폭염과 혹한, 비바람 거치면서 있는 듯 마는 듯 살아온 나무. 이제 그런 시간들이 압축되어 터지려고 한다.

어느 날, 최초의 봉오리 한 개, 살그머니 열린다.

꽃이 피었어. 이 간단한 한 마디가 있기까지의 기다림과 숨죽임. 그러다가 봉오리들, 하나 둘 셋, 일제히 피어나기 시작한다. 다투어 만개한다. 순식간에, 큰 나무 전체가 우윳빛 등불로 뒤덮인다. 현기증이 나려고 한다.

어느 날, 지나가던 여자, 만개한 꽃들을 힐끗 보더니 내뱉는다. 고작 사흘이야. 그 소리는 마치 피어나는 꽃들에게 모기약을 뿌리는 것처럼 들린다.

저이는 삶에 미진한 것이 많나 봐. 그의 말대로라면, 저 꽃은 사흘 동안만 산다는 거야? 그럴 리가. 꽃의 일생을 만개한 시간으로만 말할 수 없지. 새잎이 돋기 전부터 일 년 내내 살아 있는 거잖아. 하여간에 꽃들은 사흘도 못 가서 시들며 갈팡질팡 떨어진다.

새벽 다섯 시, 신문을 집어 들고 복도 아래를 내려다보니 어둠 속에서 꽃잎들, 거뭇거뭇 날개를 접는다. 밤에는 뭐 하나 궁금했는데.

나무는 다시 잊혀진 듯 그 자리에 서 있다.

목련나무

휘파람

어부는 참치잡이 배를 타고 망망대해에 나간다. 몇 달 만에 참치가 미끼를 물었다. 어부의 온몸에 긴장이 흐른다. 도르래 줄을 당긴다. 하, 크다! 다음 순간 탁 소리가 난다.

어부의 가라앉은 음성. 줄이 끊어졌어.

아낙은 웃는다. 내일은 잘될 거예요.

빈 배. 망망대해를 마주한다. 작은 참치를 잡는다. 아낙은 두 손 모아 감사드린다. 큰 것이든 작은 것이든. 잡은 것이 중요해요.

어부는 큰 참치와 사투를 벌인다. 줄을 당기고 도르래를 감아올린다. 끌려간다. 아낙은 두 손 모으고 높이 날고 있는 새들을 향해 휘파람을 분다. 행운의 기도가 전달되기를 빈다.

비둘기

아파트 입구에 공문이 붙었다. '비둘기는 환경부에서 지정한 유해 동물입니다. 배설물이 건물을 부식시키고 깃털이 질병을 유발합니다. 비둘기에게 먹이를 주지 말고 생태계로 돌아가도록 합시다.'

황당하네. 기후 위기, 생태계의 위기를 초래한 주범이 누구인데, 지금 누가 누구를 유해동물로 몰아가는가.

그래, 원래 비둘기는 생명의 상징이 아니었나. 노아의 홍수 때, 비둘기가 올리브 가지를 방주로 물고 와서 물이 빠지고 땅이 드러났다고 알렸다.

또 있다. 예수가 요한에게 세례받는 동안 비둘기의 모습으로 성령이 임했다.

1988년 올림픽 때, 대통령 취임식 때, 비둘기들은 푸른 하늘을 가득 채웠다. 평화와 번영을 기렸다.

그런데 지금, 비둘기들, 유해동물로 낙인찍혔으니 각자도생한다.

매일 새벽, 십이 층 높이로 일제히 날아오른다. 힘찬 날갯짓 소리.

　매일 오후. 음식물 쓰레기통 주위에서 뒤뚱거린다.

　비둘기, 내일 아침도 비상할 것이다.

양들은 무사하다

우리가 알고 있는 양치기 소년의 이야기.

어느 산골 마을에 소년이 혼자 양들을 지키고 있다. 산등성에 비스듬히 팔베개를 하고 누워 저 아래 초원에서 풀을 뜯는 양들을 보고 있다. 나른하고 무료하다. 소년은 풀피리를 불지도 않는다. 몸을 비틀기도 하고 깜박 졸기도 한다.

어느 날, 소년은 느닷없이 비명을 지르며 펄펄 뛰기 시작한다. 늑대다! 느윽대다! 혼비백산한 마을 사람들, 쟁기와 삽과 도끼를 움켜쥐고 몰려온다. 죽기로 살기로 달려온다. 양들을 지켜라.

소년은, 아차차, 무슨 짓을 했는지 알아차린다. 늑대는 없다고, 거짓말을 했다고 빌고 또 빈다. 어른들은 소년을 야단치고, 호통치고 협박하지만 그러나 안심하고 돌아간다. 양들이 무사하니까.

늑대는 마을 사람들에게 누구인가. 양들의 적, 안전과 번영을 위협하고 파괴하는 존재, 물 흐르듯 이어지는 일상을 위협하는, 그러니까 마른하늘에 날벼락 같은 존재. 마을 사람들 속에는 이렇게 양들에 대한 욕망과 늑대에 대한 두려움이 공존한다.

다시 똑같은 매일이 계속된다. 아무 일도 없었던 것처럼. 그러나 그럴 리는 없다. 있었던 일이 없었던 것처럼 될 수는 없다. 양 치는 소년은 더 견디기 어렵다. 잠깐 맛본 까무러칠 듯한 스릴과 공포와 쾌감. 늑대라는 한마디에 순식간에 무너지던 어른들. 권위와 질서. 소년에게 판도라 상자가 열린 거다.

소년은 다시 폭발하고 어른들은 다시 혼비백산하지만, 소년은 건재하다. 양들이 무사하니까.

어느 날 진짜 늑대가 나타난다.

그들은 몰랐을까. 마을이 늑대를 키웠다는 것을. 우리 안에 늑대가 숨어 있다는 것을.

여름 빨래

한여름 정오, 옛날식 아파트 복도에는 뜨거운 햇빛이 쏟아지고 바람도 설렁설렁 분다. 이 햇빛과 바람이 아까워서 뭐라도 해야 한다. 어디선가 오래된 아파트를 수리하는 소리도 들린다.

한여름 시도 때도 없이 세탁기를 돌린다. 이 옷 저 옷 끌어모아 통속에 던진다. 식은땀 더운 땀이 밴 옷들, 겉옷 속옷, 큰 옷 작은 옷, 밑도 끝도 없는 잡념들이 달라붙은 옷들이 통 속에서 돌고 돈다. 좌우상하로 몸부림을 치다가 막판 탈수 때는 충격으로 기절한다.

세탁기에서 환골탈태한 빨래들을 하나씩 꺼내 불볕 쏟아지는 복도 난간에 펼쳐 넌다. 바람에 날아가지 말라고 두꺼운 책들로 군데군데 눌러놓는다. 오래된 자료집들인데 벽돌처럼 단단해서 이럴 때 유용하다. 옛날 시골 냇가에 빨래를 죽 널어놓고 뽀얀 돌멩이들을 듬성듬성 올려놓는 것과 비슷하다. 눈앞에서 빨래들이 개운한 듯 신나게 흔들린다. 골고루 마르느라고 이리저리 뒤척인다. 태양과 바람에 두

손 두 발 다 맡긴다.

꾸들꾸들 빨래가 마르면 휙휙 걷어와서 마음이 내키면 다림질을 하기도 한다. 외출할 때 입을 흰색 티셔츠나 블라우스를 다린다. 따끈한 작은 다리미가 싸악 지나가면 우글거리던 주름이 반듯하게 다려진다. 깨끗하고 보송거리는 옷들. 부럽다. 나도 세탁기에라도 들어갔다 나와서 다림질을 거쳐, 뽀송뽀송한 몸과 마음으로 거듭나고 싶다. 흠, 기도보다 훨씬 효과적이다.

여름이 슬슬 떠나고 있다. 오늘도 빨래가 가득 찬 세탁기를 돌린다. 복도에 펼쳐 넌다. 그런데 잘 보니 바람에 흔들리는 모습들이 영 시원치 않다. 지글거리는 폭염에 자신을 내맡기고, 후회와 미련들을 순식간에 증발시키는 그런 모습이 아니다. 빨래들은 축 늘어져 있다. 무슨 미련이 남아 있다고. 안쓰럽다.

열망과 번민의 불가마를 거쳐 개운하게 바삭거리던 시절은 지나가고 있다.

세신사

오랜만에 동네 사우나에 갔다. 예순이 넘은 퉁퉁한 단골 아주머니가 반색을 한다. 어서 들어가세요.

온탕 냉탕을 몇 번 들락거린 뒤 침상에 누웠다. 그는 비누질을 하고 물을 뿌리고 타월을 두어 개 겹쳐 감은 뒤 일하기 시작한다. 탁탁, 한 손으로 마사지하듯 치고 한 손으로는 박박 때를 민다. 시원하다. 나는 눈을 감고 자는 둥 마는 둥 한다.

그가 말한다. 아이구, 때가 잘 벗겨지네.

몇 달 만에 왔으니까요.

때가 많아도 영 안 나오는 경우도 있어요.

어떤 이는 눈을 뜨고 일일이 살펴요. 어떻게 때를 벗기나 하고. 아이고. 그냥 자면 되는데.

나는요, 손님들 몸에 손을 대면 때가 얼마나 있는지 다 잡혀요.

그런데, 때가 많은 걸 내 손이 아는데, 영 때가 안 나오는 거예요.

아주머니 손이요? 그럼요. 착 감이 오지요.

그뿐만 아니에요. 손님들 몸에 어디에 혹이 생겼는지 알아내기도 해요.

세상에.

그는 계속 이야기를 하고 나도 맞장구를 친다.

내가 지난 삼십 년 이걸로 우리 아들 셋을 다 대학 보냈어요. 매일 오전 열 시부터 밤 열 시까지 일했어요. 둘째는 미술대학 대학원까지 나왔어요.

세상에.

나는 한 번도 우리 아들 대학 붙게 해달라고 기도한 적 없어요. 뭘로 공부를 시키나요. 떨어지는 게 낫지.

세상에.

큰방 하나에서 아들 셋이 바닥에 책 놓고 숙제하고, 신문지 말아서 플라스틱 공 치면서 놀았어요.

아, 네.

우리 아들들이 일을 못 하게 해서 한동안 안 했어요. 하루 종일 강아지 두 마리하고 있는데. 안 되겠어서 다시 나왔어요. 일요일에는 교회에 가서 노인네들, 마사지해줘요. 목사님 어깨도 풀어드리고.

아이고, 네.

손님은 어깨도 안 뭉쳤네요.

그러게요. 나이 들었는데 얼굴이라도 통통해졌으면 좋겠어요.

그러면 가분수로 보여서 안 돼요.

아, 네.

그는 일하는 내내 살아온 이야기를 했다. 그에게도 나에게도 그것
이 더 그의 본업처럼 들렸다.

냉동실 청소

겨우내 현관 안에 들여놓았던 제라늄 화분을 지난 일요일 복도로 내놨다. 말라버린 줄기들을 떼어내고 나니 연두색 줄기와 잎들이 생생하다. 돌연 복도가 환해졌다. 그래서였을 거다. 냉동실을 열어젖히고 오래된 것들을 큰 비닐봉지에 담아 쓰레기통에 버렸다.

음식물을 버릴 때마다 고소를 금치 못한다. 허. 별로 안 먹는다고? 그러면서 한편으로는 다행이라는 생각도 한다. 일상이 작동되고 있다는 소리다. 밥은 안 먹고 뒤죽박죽 되는 대로 사는 건 아니라는 소리니까.

그런데 냉동실에서 꺼내놨다가 슬그머니 다시 집어넣은 것은? 불고기 뭉치, 낙지볶음, 홈쇼핑 보다가 허겁지겁 주문한 것들이다.

"보세요. 온갖 양념했어요. 이렇게 봉지만 뜯어서 프라이팬에 넣고, 우리 아이들, 학원 갔다 오면, 우리 남편들 한밤중에 뭐 없어? 하면, 그냥 이거 낙지볶음, 양념된 거. 한 개 뚝딱. 으음 으음. 이 맛. 주부님들, 오 분 남았네요."

그래서 놓칠세라 허둥거리며 주문한 것들이다. 그러나 냉동실에 들어가는 순간, 잊어버린다. 언젠가는 무심결에 냉동실 문을 열다가 주먹만 한 덩어리가 발에 떨어졌다. 한동안 절룩거렸다.

그러다가 어느 날 비 온 뒤, 천지는 반짝거리고, 아파트 단지에 서 있는 나무들, 엄마와 뒤뚱거리며 걸어가는 작은 아기, 하이고 진짜 봄이구나. 그런데 갑자기 맛있는 거 먹고 싶지?

냉동 고기 꺼내 프라이팬에 넣고, 천지에 고기 굽는 냄새. 먹기도 전에 질려버린다. 현관문 열어놓고, 촛불 켜놓고. 환풍기 넣었다 뺐다 한다.

다 버려, 쑥, 냉이, 잎채소만 먹을까 봐.

냉동실 정리하고 나니 머릿속도 개운해진다.

애물단지

책이 애물이다. 책 정리를 하다가 나도 모르게 나온 소리다. 그리고 놀란다. 내 입에서 이런 말이 나올 줄이야. 평생을 덕분에 먹고살았는데.

이러다가 앞으로 또 무슨 말이 나올는지. 평생을 지탱해준 몸 그리고 마음. 그런데 기운은 없어지고, 어느 날 그런 말이 나올 것이다.

내 몸이, 마음이 애물단지이다.

그래. 애물단지가 되는 것은, 우리를 살려준 은인들이다. 삶의 법칙이다.

다시, 많지도 않은 책들을 들었다 났다 하면서 전전긍긍한다. 저울에 감자를 하나 더 놓을까, 말까. 슈퍼에서 버지니아 햄 한 파운드 주세요, 하면 흰 가운 입은 까무잡잡한 청년이 비닐장갑 낀 손으로 햄 몇 조각을 저울 위에 올려났다가 내려났다가 한다.

하여간에 몇 번을 망설이더니 책을 던져버린다. 금방 잊어버린다.

왜 그리 고민을 했는지도, 무슨 책이었는지도 모른다. 이 사실을 발견한 게 좋다. 돌아서고 나면 아무것도 아닐 수 있다는 것, 기억조차 안 날 수도 있다는 것.

책뿐이겠는가.

살면서 만난 좋은 인연 궂은 인연, 돌아서면 잊어버리지 않겠는가. 그래, 취사선택이란 없다. 저 강물은 싫은 것 좋은 것 모두 안고 흘러간다.

애물단지

연날리기

눈부신 겨울 휴일 오후다. 한강 고수부지에는 연 날리는 사람들이 많다. 어른, 청년, 아이들이 알록달록한 연들을 하늘 높이 띄우고 있다. 둥글고 세모난, 파랗고 빨간, 호랑이, 용, 독수리.

나는 강변에 늘어선 임시 좌판대에서 독수리연과 얼레를 산다. 찌푸듯한 몸과 마음을 하늘 위로 날려보자. 얼레의 실을 점검하고 독수리연의 꼬리 부분도 살핀다. 엷은 설렘도 일어난다. 그래, 저 멀리, 저 높이.

처음에는 천천히 얼레의 실을 풀어놓으면 연은 조금 날아가다가 다시 처박힌다. 몇 번을 반복한다. 자전거 처음 타는 사람이 몇 번씩 시도하다가 다시 내려오는 것과 같다. 자동차 시동 걸 때 처음 몇 번을 부르릉거리는 것과 같다.

그 과정을 반복한다. 그렇게 워밍업을 거친 뒤 연은 천천히 자세를 바로하고 위로 올라가기 시작한다. 구불구불 꼬리를 흔들면서 나

즈막하게 몸체를 가누는가 싶더니, 어느 순간 휘익 공중으로 진입한다. 연줄이, 실이 팽팽해지다가 곧 녹신거리며 찰랑거리기 시작한다. 푸른 바다에 드디어 작은 연이 질주하기 시작하는 거다.

연은 자유로워진다. 높은 공중에서 탁 중심을 잡는다. 창공이 내 세상이다, 현란하게 팔랑거리기도 하고 꿈쩍도 하지 않고 부동의 상태에 머물기도 한다. 연은 소리 없는 탄성을 지른다. 광활한 산과 들을 거쳐오는 바람을 껴안는다.

중요한 것은 이때, 공중에 떠 있는 연은 땅 위에 있는 내가 잡고 있는 얼레와 확실하게 연결되어 있어야 한다는 것이다. 그러니까 공중에 높이 떠 있을수록, 땅 위의 귀착점이 확실해야 한다. 그래야 하늘 위의 연과 땅 위의 얼레가 일체감을 이루는 것이다. 하늘의 비상은 땅 위의 얼레와 직결된다.

이제 땅 위의 얼레의 중심점은 공중에 떠 있는 연을 따라, 그리고 공중의 연은 땅 위의 얼레를 중심으로 움직인다. 나는 실을 감았다 풀었다 하면서 좌우로 앞으로 뒤로 발 빠르게 움직인다. 땀이 나기 시작한다.

어느 순간, 공중의 연은 도도하게 고개를 똑바로 들고 위로 솟구친다. 독수리의 비상, 눈부시다.

그리고 바로 그 순간, 연이 공중에서 만끽하는 환희가 땅 위에 있는 나에게도 전달된다. 연줄을 타고 팽팽한 전류가 나의 팔과 다리로 좌악 내려온다.

연날리기

연날리기 놀이가 사라지고 있다. 정월 보름 한복 입은 아이들이 연 날리는 모습들은 더 이상 달력 그림에도 나오지 않는다. 연날리기가 국민 놀이였던 인도에서도 연날리기 대회는 열리지 않는다고 한다. 어른이고 아이고 손바닥만 한 화면에 코를 박고 있다.

푸른 하늘, 연과 함께 날아오르는 아이들의 함성이 듣고 싶다.

순리

사십 대 중반의 남자 디자이너. 그는 좋아하는 옷 한 벌을 만들 때 혼자서 시작에서 마무리까지 한다. 그는 욕심과 열정을 구별하려고 한다. 성취, 명예, 세상의 관심에 중독되지 않으려고, 이 족쇄에 묶이지 않으려고 경계한다. 그렇게 되면 홀로 있을 수 없어진다. 혼자 좋아하는 일을 하면서 느끼는 기쁨과 자유를, 해방감을 만날 수 없게 된다. 그가 말한다.

아내는 내가 빈둥거리는 것을 못 참아요. 그러나 나는 근면이니 성실이란 게 싫어요.

나는 하하 웃다가 멈칫한다. 나 또한 근면이니 성실이란 것에 코가 꿰여 살아오지 않았나. 그래. 세상의 인정을 위해서, 조명을 탐하며 살아온 사람들이 조명 꺼진 뒤 혼자 자족하는 것은 가능한가. 가령, 스티븐 호킹도 언론의 관심과 명예를 탐했다고 하잖나. 첫 번째 부인과의 이혼도 그가 끊임없이 언론에 노출된 이후의 삶을 감당하기 힘들었기 때문이라고 하잖나.

　어머니가 늘 말씀하셨어요. 팔 남매를 혼자 키우신 분인데. 아등
바등거리지 마라, 순리대로 살아라.

　얼마 만에 듣는가. 순리라는 단어.

　아직도 건재한가.

돌봄 대가

아파트 단지 한쪽, 주차장 옆에는 제법 큰 꽃밭이 있다. 원래 공터였는데 언제부터인가 여러 가지 꽃들이 어우러져 자란다. 분홍 봉숭아꽃, 접시꽃, 보라색 흰색 도라지꽃. 트럼펫 모양의 크고 잘생긴 우윳빛 에인절 트럼펫. 누가 이렇게 가꾸나.

봄날 이슬비가 내렸다. 근처 아파트의 경비 아저씨가 작은 삽을 들고 수국 앞에 서 있다. 이 단지에서 삼십여 년을 일하고 있는 그에게 반가워서 인사를 한다. 어마. 수국들이 이쁘네요.

자꾸 사람들이 파 가요. 같이 보면 좋은데.

그는 틈날 때마다 풀도 솎아주고 지나가는 주민들과 인사를 나누기도 했다. 늙수그레한 그가 꽃을 가꾸는 모습은, 답답한 경비실에 앉아 있는 그와는 달라 보였다.

어느 날 샛노란 달맞이꽃들이 일제히 피어났다. 나는 그 색이 너무 선명해서 아저씨에게 두 뿌리를 얻어 왔다. 아파트 복도에 있는 화분에 심고 들락거리면서 물을 주었다. 그러나 그 강렬한 노란 꽃은 기운이 없어지는 듯하더니, 피는 듯 마는 듯 그만이었다. 제자리에 그냥 두었어야 했다.

　꽃밭은 건재했다. 늦가을 꽃들이 지고 나면 그는 추수 끝난 뒤 논에서 갈무리를 하듯 밭을 다듬었다. 다시 봄이 왔고, 꽃밭에는 싹이 나고 알록달록 꽃들도 피기 시작했다. 그런데 꽃밭에는 돌보는 손길이 사라진 기색이 나타난다. 세수 안 하고 머리 안 빗은, 방치되는 아이의 낌새가 뚜렷했다. 가꾸는 사람 없다고 금방 저렇게 되는 거야? 강둑에 자라는 들꽃들은 혼자 잘도 피는데.

　그래. 꽃밭의 꽃들은, 그러니까 사람의 손에 길들여졌다는 소리다. 돌봄을 받는 것은 대가가 있다. 자급자족을 담보로 한다.

젊은 그들

일간지에 실린 그의 부음. 희귀 암으로 오래 투병하고 있다는 소식을 들었는데. 조문을 가지 못했다.

우리들이 잠깐 공유했던 희미한 기억들. 해방 첫 세대, 전후 폐허 속에서 중학교에 입학. 그 이후 4·19 혁명. 우리들은 3층 교실에서 수업을 하고 있었다. 사방이 어수선하고 연기 피어오르고. 함성이 들렸다. 지척에 있던 권력자의 집이 불탔다. 총소리? 듣지 못했고 나중에야 그들 일가의 운명에 대해 들었다. 이어지는 5·16군사혁명.

그리고 1960년대 중반, 우리들 대학 새내기 몇 명이 문학 동인을 만들었다. 각기 다른 학교에 다니는, 잘 모르는 사이. 동인이라고 어쩌다가 모이기도 했는데, 뭐 시나 소설을 써서 같이 읽고, 그랬던 기억은 별로 나지 않는다. 그러다가 대학 2학년 겨울인가, 시화전을 열었다. 처음이자 마지막이었다.

종로에 있는 쎄시봉인가 하는 음악실. 초겨울 밤의 넓은 홀에는 시와 그림들이 든 액자들이 벽 따라 걸려 있고 친구들이 와서 둘러보며 수다를 떨었다. 나와 쌍둥이처럼 붙어 다니던 불문학도 절친. 회색 코트에 진홍색 스카프를 두르고, 큰 책가방을 메고 찬바람 속을 걸어온 그는 두 뺨이 상기되어 웃고 있었다. 나는 그때 무슨 시 하나를 썼고 동양학과 다니던 여학생이 그림을 그렸다. 시화전 이후 그 액자는 어쩌다가 우리 학과 사무실에 한동안 걸려 있다가 사라졌다. 나는 잊었는데 동료 교수는 지금도 이따금 놀리기도 한다. 거 이상한 시예요. 두 손을 주머니에 넣고, 어쩌고.

그 이후 모임은 슬그머니 흩어졌어도 우리는 간간이 광화문, 종로 바닥을 오가며 마주치기도 했다. 그 시절 그곳은 문화와 젊음의 중심지 아니었던가. 음악감상실 르네상스가 있고 희다방이 있고. 무교동의 고색창연한 연다방을 또 어찌 잊을 건가. 그리고 그 희귀했던 외국서적 전문서점 범우사, 범한사가 있었다.

그래. 클래식 음악감상실이 한두 개이던 시절, 르네상스가 단연 최고였다. 엘피 레코드장을 수천인지 수만 개를 소장하고 있던 곳. 이집트 여왕의 조각인지 그림이 새겨진 특이한 분홍색 입장권. 그 표를 들고 검은 장막을 열고 웅장한 음의 파도 속으로 휩쓸려 들어간다.

어두운 조명 아래 앉아 있는 단골들. 눈 감고 조는지, 음악 삼매경에 빠졌는지. 검은 안대로 한쪽 눈을 가린 젊은이도 생각난다. 삼복더위에도 두꺼운 코트를 벗지 않던 기인 같던 남자도 생각난다. 독서가 유일한 취미이던 시절, 아르바이트 월급을 받으면 직행하던 그곳은, 집과 학교라는 일상을 벗어나는 신세계였다.

장마철 어느 여름밤, 아르바이트를 끝내고 돌아가는데, 버스가 르네상스 앞 정류장에 섰을 때, 창밖을 내다보니 그럼 그렇지. 그 악동들이 떠들며 건물 앞 층계에 앉아 있었다. 당연히 후닥닥 버스에서 내렸고 다시 다방으로 들어갔던가? 시집갈 때 냉장고랑 텔레비전이랑 우리가 준비한다. 찻값을 내는 나를 향해 우와, 왁자지껄하던 소리. 흠, 냉장고와 텔레비전이 보편화되기 이전이었으니까. 하여간에 그런 식으로 마주치기도 하고 멀어지기도 하면서 우리는 각자 살아갔다.

그리고 그들 중의 한 사람, 그는 우리 시대 최고의 이야기꾼이 되었다. 1970년대 대한민국, 한쪽에서는 『난장이가 쏘아올린 작은 공』이 등장하고 또 한쪽에서는 『별들의 고향』을 선두로 그가 쓴 소설들이 신세대의 감성과 소비문화의 질곡들을 파헤쳤다. 나는 가끔 외국인 학생들과 영역된 그의 단편들, 가령 『타인의 방』을 읽기도 했는데, 획일화된 아파트에 갇힌 현대인의 소외가 실감 난다고 했다.

천주교 신자였던 그는 투병 중에도 유머를 잃지 않은 듯했다. 하나님, 나는 당신의 엿판에 놓인 엿가락입니다. 먹든지 자르든지 맘대로 하세요.

그의 발인 날, 하늘은 높고 맑았다.

　　　　　　　　　　　　　　　　　　젊은 그들

학림

가을 내내 그 노래를 들었다. 오후 네 시경 내가 탄 버스가 마로니에공원 앞에 정차할 무렵, 버스 안에서 짧은 노래가 흘렀다. 대학로에서 공연 중인 연극 광고음악이었다. 하늘에는 별이 있고, 내 마음엔 그대가 있고. 곧 이어지는 멘트, 가슴 시린 사랑 이야기. 위대한 개츠비. 그렇구나. 어느새 만인의 연인이 된 그의 이야기를 이곳에서도 만나는구나.

그는 누구인가. 벼락부자, 갱단과 연결된 밀주업자, 밤마다 그의 어마어마한 저택에서 열리는 굉장한 파티, 오케스트라, 산더미처럼 쌓인 오렌지 껍질, 취해서 비틀거리는 끝도 없이 모여드는 사람들. 그러나 술 한 방울 입에 대지 않은 개츠비는 분홍 정장을 입고 흰 대리석 층계 위에 홀로 서 있었다. 첫사랑 데이지를 기다리며.

부패한 기득권 억만장자와 결혼한 데이지, 그녀의 대저택에서 반짝이는 초록 불빛. 개츠비는 그 불빛을 향해 간절하게 팔을 내뻗는다. 첫사랑의 환상에 목숨을 건다. 그리고 파멸한다.

하늘에는 별이 있고 내 마음에는 네가 있고. 광고음악은 겨울이
올 때까지 계속되었고, 나는 늘 버스가 정차할 때까지 손잡이를 붙든
채 노래를 들었다. 하늘에서도 가슴에서도 별은 더 이상 보이지 않는
구나, 생각하기도 했다.

버스에서 내려 신호등을 지나 학림다방으로 걸어갔다. 시간이 정
지한 듯 그 자리에 건재한 곳. 옛날풍의 실내. 주말 저녁이면 다방 입
구의 게시판에는 메모지들이 가득했다. 만나자, 그만 만나자, 오늘은
못 나오고 월요일 오후 여섯 시에 만나자. 이별의 통고, 연기된 약속
들, 그때도 울리던 베토벤 교향곡들.

얼마 전 눈 오는 겨울밤, 은퇴한 동료들과 근처 진아춘에서 굴짬
뽕을 먹은 뒤 그곳에 들렀다. 뜨거운 커피와 아이스크림을 먹고 블랙
러시안도 한 잔씩 마셨다. 창밖으로 야경이 차갑게 빛났다. 미래 과
거 현재가 눈보라에 마구잡이로 뒤섞이는 듯한 착각에 빠졌다. 퍼뜩
정신을 차렸다. 여기가?

일행은 서둘러 헤어져서 지하도로 향했다. 그곳은 더 이상 우리가
기웃거릴 곳이 아니었다. 개츠비 연극도 오래전에 끝났다.

굴레방다리

가을이다. 바람도 쐬일 겸 아현시장에 간다.

출근 시간 지난 버스 안은 한산하고 마포대교 아래로 은빛 강물이 반짝인다. 달리는 버스 창으로 바라보는 풍경들. 감탄하지 않을수 없다. 상전벽해라는 거지. 여기가 지난 삼십 년 동안 출퇴근하면서 봐왔던 그곳이란 말이지? 사막의 신기루처럼 솟아난 아부다비 같잖아? 늘 한가하게만 보이던 아현초등학교 주위에 치솟은 아파트들, 번쩍거리는 부동산 간판들, 영어 수학 논술 피아노 미술 학원. 신흥중산층으로 솟구치는 동네의 맹렬한 기세가 느껴진다.

시장 안으로 들어간다. 떡집, 손두부집, 반찬가게를 지나 길가의가건물 쪽으로 간다. 이게 무슨 일인가. 가게 문들이 모두 닫혀 있고굵직하게 인쇄된, 관청 직인이 박힌 안내문들이 곳곳에 붙어 있다.'이곳은 공공 지역이므로 영업을 하는 것은 불법이다. 이곳을 시민들을 위한 쾌적한 환경으로 만들고자 한다.'

얼마 전까지만 해도 성업 중이었던 곳인데. 시장 저 위쪽 오래된 산동네가 일이 년 사이에 아파트 숲으로 변하더니 이렇게 가건물 주변도 철거를 앞두고 있구나. 나는 심란해져서 스마트폰으로 경고문들이 붙은 풍경을 찍은 뒤 굴레방다리 쪽으로 나간다. 몇십 년 전에도 굴레방다리는 없었지만 지금의 지하도가 생기기 전 사거리를 사람들은 그렇게 불렀다.

굴레방다리를 중심으로. 북아현동 쪽으로 죽 들어가면 한성중고등학교와 추계예술대학교가 있고 서대문 쪽으로 한참 가면 내가 다닌 중고등학교가 있고 신촌 쪽으로 가면 대학이 있다. 나는 한성중고등학교 정문 아래 한옥 동네의 작은 집에서 몇십 년을 살았다. 봄이면 학교 뒷마당에 아카시아꽃들이 만발했고 해 질 무렵이면 키 큰 미루나무들이 일제히 반짝였다. 또 그 당시 한창 인기 있던 럭비 명문이던 한성고 선수들이 운동장에서 회오리바람 일으키며 연습하던 모습들이 아직도 선하다. 하, 그래, 나는 명실공히 굴레방다리를 중심으로 놀았던 그 동네 원주민이라고 할 수 있겠다.

굴레방다리에서 신촌 쪽으로 뻗은 큰 차도 위로 북아현동과 아현시장 쪽을 연결하는 탄탄한 육교가 있었다. 몇십 년을 비가 오나 눈이 오나 그 육교를 지나다녔다. 기억 속에 새겨진 그때 본 풍경들과 사람들. 질주하는 버스와 트럭들과 자동차들. 눈보라 치는 다리 위를 엉금거리던 모습들. 데이트하는 젊은이들이 육교 위를 건너와서 버스정류장에서 기다리는 모습들.

정류장에서 시장을 끼고 신촌 방향으로 큰길이 나 있고 그 길을 따라 왼쪽으로 열 개도 넘는 작은 술집들이 다닥다닥 붙어 있었다. 카페도 아니고 호프집도 아니고, 거 뭐라나 도라지 위스키를 파는 선술집 비슷한 곳이라고 해야 하나. 밤배, 촛불, 고향, 파도, 장미. 한번도 페인트칠을 한 적이 없는 듯 거무스레한, 잘 보이지도 않는 작은 간판들. 낮에는 늘 문이 굳게 닫혀 있고 어쩌다 반쯤 문이 열린 컴컴하고 좁은 입구에는 부수수한 젊은 여자들이 팔다리를 다 드러내고 앉아 있었다.

어두운 술집들을 지나 신촌 쪽으로 죽 걷다가 보면 놀랍게도 이번에는 웨딩숍들이 줄지어 나타난다. 정류장 이름처럼 웨딩타운이다. 열 개도 넘는 웨딩숍의 쇼윈도에는 눈부신 형광등 아래 새하얀 웨딩드레스를 입은 마네킹들이 무표정하게 서 있다. 방금 거쳐온 컴컴하게 느껴지는 술집 거리와 눈앞에 이어지는 형광빛 웨딩타운의 대비가 어리둥절하게 또는 부조리하게 느껴지지만 곧 익숙해진다. 삶의 불가해한 일들이 그러하듯 두 공간이 어찌 칼로 베듯 분리될 것인가. 뭐 낮과 밤이 별개인가. 하여간에 그 육교가 철거되고 어지간히 버티던 작은 술집들도 차례로 문을 닫았다. "아현동 육교가 철거되었어요." "그러게요. 얼마나 많은 기억이 사라졌을까요."

굴레방다리와 아현시장을 중심으로 번쩍이는 거대 아파트들은 계속 들어선다. 새 아파트 주민들은 산동네 주민들의 애환과 한숨도, 어둑한 술집들과 육교도 떠올리지 못할 것이다. 나도 굳이 버스를 타고 아현시장에 가는 일은 없을 것이다. 나와 그 동네를 이어주던 기억들은 더 이상 유효하지 않으니까.

서머타임

    광화문 교보문고에 갔어요. 주문했던 책 두 권을 받아들고 층계를 올라가 지상으로 나왔어요. 뜨거운 햇빛. 하얗게 솟구친 도시. 점심 인파들이 나오기 시작해요.

    염상섭 할아버지가 앉아 있는 벤치를 지나 재즈카페가 있는 쪽으로 천천히 갔어요. 소설가님의 양팔을 하나씩 끼고 두 영감님이 앉아 있어요. 그들은 자기들을 쳐다보는 사람들의 시선을 즐기는 듯했어요.

    멀리 인왕산 봉우리가 뚜렷하게 보였어요. 바람이 제법 불어서 키 작은 나무와 풀들이 흔들리는 것이 보기 좋았어요.

    카페 안은 한산했어요. 캐러멜 커피 한 잔을 앞에 놓고 폭염 속의 도시를 내다보고 있어요. 아득하게 비현실적이에요. 서머타임. 목화는 잘 자라고 물고기는 뛰놀고. 네 엄마는 예쁘고 네 아빠는 부자야.

    아가야 울지 마라. 맹렬한 피아노 강타.

젠트리피케이션

오랜만에 동네 책방에 갔다. 무더운 오후 서너 시. 이런. 상가 전체가 정전이었다. 어? 어떻게 된 거야? 어둠 속에서 다시 봤지만 분명했다. 서점은 온데간데없었다.

이 상가 일 층에서 삼십 년도 넘게 자리를 지켜온 서점. 입구에서부터 빼곡하게, 천장에 만든 다락에도 책들이 쌓여 있었다. 소설과 시와 잡지, 자기개발서, 중고등학생들을 위한 참고서들, 만화들.

동그란 얼굴에 늘 웃음을 짓는 자그마한 몸집의 책방 여사장님은 학생들에게 상담도 해주고 친구도 되어주고 엄마도 되어주는 듯했다. 나와는 학교 선후배여서 이따금 서로 아는 지인들 안부도 나누었다.

"이 책방이 여기 있어서 얼마나 좋은지 몰라요."

"네. 이곳을 거쳐 간 학생들이 결혼하고 이사한 뒤 아이 낳고 부부가 함께 와서 내가 아직 여기 있다고 너무 좋아들 해요. 그게 보람이기는 해요."

그랬는데, 그 서점이 있었던 자리는 휑하고 어수선하고 의자들이 이리저리 놓여 있다. 아니 책방이 언제 없어졌어요? 8월에요. 몇 달이 지나도록 모르고 있었구나. 단골이라면서, 여기저기서 젠트리피케이션이 일어나는 것을 보면서, 정작 여기서 일어날 줄을 몰랐구나.

그동안 책을 그렇게 안 산 거야? 그건 아니었다. 책이 필요하면 우편 주문하거나 광화문이나 근처에 들어선 넓고 쾌적한 쇼핑몰에 가서 구경도 하면서 그곳에 있는 책방에 갔다.

할 말이 없다. 오래된 동네 서점이 사라지는 건, 대형 서점 탓만이 아니다. 옆 가게 주인에게 책방 주인의 연락처를 물었다. 알아서 뭐, 어쩌려고? 섭섭하다고, 새로 책방을 열었는지 물어보려고?

이 터는 그동안 운이 좋았다. 한 달이 다르게 변하는 동네에서 그 오랜 시간을 같은 주인과 함께 책들을 품고 지내왔으니. 그런데 이제 앞으로의 거취를 모른 채 길가에 나 앉았다. 무심한 행인들이 그 앞을 지나간다.

나비 잡기

  늦여름. 오후 서너 시경 한강공원에는 아이들이 나비를 잡고 있다. 잠자리채를 휘두르며 공중에서 날아다니는 나비를 쫓아다닌다. 어떤 아이들은 흰나비 노랑나비 호랑나비를 열 마리나 잡았다. 흔들리는 미루나무 아래 앉아서 머리를 마주 대고 그물에 잡힌 나비들을 한참씩 들여다보면서 논다. 그러더니 나비들을 한 마리씩 꺼내 다 날려보낸다. 그런데, 이상하다. 나비들은 재빨리 도망가지 못한다. 멈칫거리다가 제자리를 빙빙 돈다. 분명 그것은 봄날, 그 최초의 눈부신 날갯짓이 아니다.

  아, 알겠다. 아이들이 너희들을 놓아준 이유를. 아이들이 원하는 것은 날아가는 나비들이다.

호스피스 일지

오스트레일리아 호스피스 병동. 몇 년 동안 말기 암 환자들의 임종을 지켜봤던 간호사. 환자들의 사연을 블로그에 올렸는데, 큰 호응을 얻었다.

생의 마지막을 앞둔 사람들이 거듭 토로하는 감정들은 특별한 것이 아니다. 크고 작은 후회와 원망과 미련들, 건강한 사람들도 살면서 늘 겪는 것들이다. 이런 감정들은 삶을 이루는 공기와 같아서 이를 극복하는 것은 그만큼 어렵다.

무엇보다, 이들은 자신들의 좌절과 회한, 그 책임을 스스로 껴안는다. 죽음을 앞둔 이들의 특징인가. 그러니까 가족들의 생계를 위해서 일했으면서도 그들과 더 좋은 시간들을 보내지 못한 것을 후회한다,

그들은 일에 얽매여 쳇바퀴에서 벗어나지 못했다. 몸과 마음과 정서를 직장에만 쏟아붓고, 아기들이 깔깔 웃고 버둥거리는 모습들을

놓쳤고 그들의 청춘을 지켜보지 못했다. 수업료와 보험금을 내기 위해서였다는 것을 알지만, 돌이킬 수 없는 상실 앞에서 탄식한다.

그들은 자신들의 감정에 솔직하지 못했다. 이웃과 잘 지내기 위해 좋은 인품을 가진 사람이라는 평가 속에 감춰진 억압에 굴복했다. 진정한 우정을 키우지 못했고 행복이 선택이라는 것을 깨닫지 못했고 변화를 두려워했다. 그래서 보다 나은 인간이 될 수 있는 가능성을 놓치고 진부한 삶과 타협했다.

그들의 회한을 보면서 묻게 된다. 그들이 거쳐온 세상이 어떤 세상인가. 냉전시대, 자본주의 가부장제. 그들은 실패가 두려웠고, 소유와 성공이라는 지배 가치에 순응했다. 그래서 자기만의 보람과 기쁨을 허용하지 못했고 자신의 꿈을 외면했다.

개인의 삶에 충실한다는 것이 어떤 것인가. 그것이 가능한가.

흐르는 사람들

도심에 있는 시니어 하우스, 입구에 들어서면 로비 한쪽에는 붓글씨, 사진, 수채화, 유화 등이 전시되어 있다. 지인들이 보내온 조촐한 난 화분들도 놓여 있다.

이곳 입주민들 중에는 거동이 약간 불편한 이들도 있고, 간혹 경증 기억상실증을 보이는 이들도 있다. 어떤 이들은 지갑을 찾아달라 하고, 자기 방에 시시티브이를 설치해달라고 보채기도 한다.

어느 노인이 데스크에 전화한다. 까랑까랑하고 높은 목소리. 오늘 나한테 택배 배달 온 거 있지요? 전화받는 이는 옆에 있는 여직원에게 눈짓을 한다. 최근 들어 부쩍 이 노인의 전화가 잦아진다. 그는 천천히 수화기에 대고 말한다. 어머니, 아직 도착 안 했나 봐요. 이상한데. 누가 가져갔나.

사무실 직원들은 말한다. "그런 증세를 보이시는 분들이 많은데, 전문직에 계셨던 분들의 특징인 것도 같습니다."

내 사랑 프라이드

왜? 평생을 두뇌를 많이 쓰면서 살아왔는데.

또 다른 병동. 칠십 대 후반의 남성. 환자복을 입고 침대에 앉아 있는 그는 건강하고 편안해 보인다. 그런데 잘 보니 그의 앞에 마른 빨래들이 수북이 쌓여 있다. 바지, 티셔츠, 수건, 양말. 그는 빨래들을 하나씩 찬찬히 개더니 자기 옆에 가지런히 쌓아놓는다. 무표정하게 두 손으로 쉬지 않고 빨래들을 집어 들고 차분하게 갠다. 그 일을 반복한다.

옆에 서서 부인이 물끄러미 바라보더니 말한다. "행정고시 붙은 뒤 평생 고급 공무원으로 살았어요. 어느 날부터 이런 증상이 나타났어요. 삼 년째 이렇게 아무 말도 못 하고 하염없이 빨래만 개고 있어요."

그러더니 한숨을 길게 내쉬며 덧붙인다. "평생을 책상에 앉아 허연 서류 뭉치만 들여다봤기 때문인가 봐요."

또 한 사람, 칠십 대 중반의 여성. 그의 남편이 말한다. "나는 괜찮은데 반신불수로 누워 있는 아내와 함께 있으려고 입원했어요."

남편은 아침저녁 시간 맞추어 아내가 누워 있는 병실로 온다. 멍하게 누워 있는 아내에게 이런저런 말을 건넨다. 아내는, 그의 말을 알아듣는 듯하다. "이따 또 올게." 그가 손을 잡자 아내는 침묵의 벽을 힘겹게 밀어내는 듯 입을 움직인다. "도오온."

남편은 알아듣는다. "괜찮아, 걱정할 거 없어." 그리고 말한다. "내가 팔 남매의 맏이예요. 초등학교 졸업하고 온갖 궂은일을 다 했어

흐르는 사람들

요. 동생들, 학교 보내고 결혼시켰어요. 이 사람이 엄청 고생했어요. 지금 우리 두 사람이 입원해 있으니 아내는 돈 걱정을 하는 겁니다."

자. 또 한 사람. 팔순을 넘은 듯한 남성. 그는 낮게 차근차근 말한다. "서울에서 최고의 공과대학을 나왔어요. 유학 가서 자리 잡고 잘 살았어. 내 병이 나으면, 다시 미국으로 갈 거요. 집사람 아들딸 사위 며느리 손주, 다 있어." 침묵이 흐른다.

그런데, 이상하다. 집사람 아들 며느리 손주 다 있어, 라는 그의 말들이 마치 주렁주렁 보따리들이 그의 어깨에 매달려 있는 것처럼 들린다. 그들은 다 잊었는데, 노인 혼자 움켜쥐고 있는 짐들처럼 보인다.

그래, 손을 놓지 못하는 것은 남는 사람이 아니라 떠날 사람인가 보다.

타지마할

타지마할에 다녀왔다.

그 유명한 타지마할을? 그래.

17세기 무굴 제국의 5대 왕 샤자한이 열네 번째 자식을 낳다가 죽은 왕비 뭄타즈마할을 기리기 위해 세운 아름다운 무덤. 유네스코 세계문화유산이자 연간 800만 명의 관광객을 불러오는 인도의 랜드마크.

관광 안내문 때문인지 엽서 속의 새하얀 모습 때문인지. 타지마할에 관해 이런저런 공상을 하기도 했다. 무작정 비행기를 타고 가서 달빛 아래 서 있는 그 모습을 보고 오자. 그러다가 어느 여학교 동창생들의 단체 여행에 편승했다.

타지마할로 가는 길은 혼란스럽고도 강렬했다. 뭄바이 공항에 내린 밤. 천지가 자욱했다. 그 혼돈과 열기와 번쩍거리는 검은 얼굴과 흰 눈동자들. 괴성처럼 들리는 와글거리는 말소리. 기차를 타기 위해

짐꾼들이 번쩍 들어 올려 어깨에 등에 둘러메고 가는 뒤를 넋이 나간 채 따라갔다. 내 짐을 진 청년을 놓칠세라 허둥거리다가 층계에서 고꾸라질 뻔했다.

타고 내리는 승객들로 뒤엉키는 열차 안에서 짐을 멘 청년은 용케도 우리 좌석을 찾아냈다. 좁은 통로에 처박힌 트렁크들을 침대 다리에 자물쇠로 채웠다. 내 짐을 옮겨준 청년에게 팁을 준다고 했는데, 엉키는 사람들에 치여서, 돈을 꺼낼 수도 없었다. 사람들에 떠밀려 열차를 내려가면서 나를 돌아보던 그 깡마른, 땀범벅이 된 청년의 얼굴이 자꾸 생각난다.

야간열차. 말로만 듣던 피난열차의 혼잡이 이랬을까. 그러나 인도인들에게는 일상인 듯했다. 이 층 삼 층 침대에 한 사람씩 올라가서 누웠다. 나는 맨 위 칸에 올라가 배낭을 머리에 베고, 신발을 벗어 끌어안다시피 했다. 도둑맞지 않으려고.

통로 맞은편 이 층에서 터번을 쓰고 수염으로 얼굴이 뒤덮인 인도 남자는 밤새도록 천둥소리처럼 코를 골았다.

타지마할은 쨍쨍한 볕 아래 서 있었다. 쾌적하고 정결하게 가꿔진 넓은 정원 곳곳에 관광객들이 모여서 사진들을 찍어댔다. 길게 늘어선 사람들 뒤에 서서 안으로 들어갔다. 어둑했고 저기 어디쯤에 왕과 왕비가 나란히 누워 있다고 했다. 나는 고개만 들이밀고 두리번거리다 얼른 나왔다. 밖에 나와서 사진을 한두 장 찍고, 신발을 벗어 들고 대리석 바닥을 돌아다녔다. 그런 뒤 멀찍이 떨어진 나무 그늘에 앉아 궁전을, 아니 무덤을 바라보았다.

이상도 하지. 하얗고 둥글게 서 있는 무덤. 엽서에서 보고 또 본 모습인데, 왜 그 신비한 아우라를 느낄 수 없는가. 오래전에 이미지에 포획된 나의 상상력은 바닥이 나버렸는가. 무성한 소문 앞에서 진실이 남루해지는 것처럼. 피식 웃음이 났다. 무작정 비행기를 타고 와서 달빛 속에 서 있는 타지마할을 보겠다고?

돌아와서 생각한다. 그래, 잘 다녀왔다. 타지마할이 거기 있어서 길을 나섰고 뭄바이 공항을 거쳐 야간열차를 타고 버스를 탔다. 산속의 거대 불상들을 보고 어린 소년이 만들어주는 달콤한 차이 차를 마셨다. 도시의 책방에서 우울하고 창백한 청년과 마주치기도 했다.

그리고 무엇보다 그 어둑한 새벽 강가. 사제들이 향을 피워 올리며 의식을 행하고 있고 강변에서는 시체가 타고 있었다. 장작 살 돈 없는 이들은 다른 생명들에게 보시한다. 사람들은 강물에 몸을 씻으며 기도하고 작고 동그란 향초에 불을 붙여 어두운 강 저 멀리로 띄워 보낸다. 그래, 타지마할이 거기 없었다면, 이 풍경들과 사람들을 마주하지 못했을 것이다.

그러니 우리는 타지마할을 보기 위해 길을 떠나는 것이 아니다. 길 위에서의 새로운 삶과 낯선 자신과 마주치기 위해 타지마할을 향해 나서는 것이다.

타지마할

길 안내

우리는 늘 누구에게 길을 안내한다. 또 누군가로부터 길을 안내받는다.

어느 날 단골 안과 대신 새 안과를 찾아가기로 한다. 내가 사는 지역에 있지만 처음 가보는 곳이다. 인터넷에서 위치를 확인하고 아파트 단지를 지난다. 오전 열 시경. 하늘 높이 흰 구름 떠 있고 아침나절의 상쾌함이 공중에 가득하다. 곳곳에 붙어 있는 붉은 플래카드. '50년 키워온 금융특구에 닭장 임대가 웬 말이냐.' 병원 옆 오래된 주차장에 소형 임대 오피스텔을 짓겠다는 소식에 반대하는 살벌한 구호들이다.

나는 어림짐작으로 찻길을 걸어간다. 그러다가 일단 묻기로 한다. 옳지, 청년이 오네. 저기요. ○○빌딩이 어디지요? 네, 죽 가다가 왼쪽으로 돌아서 직진하세요. 고마워요. 친절하시네.

내가 제대로 가고 있다는 것을 확인하고 한동안 맘 놓고 걷는다.

자동차들, 오가는 사람들은 아직 많지 않다. 좌우로 높은 건물들. 무슨 증권, 증권, 증권. 과연 여기가 금융특구라더니. 한참을 가다가 이번에는 길에서 작업하고 있는 남자에게 다시 확인한다. 아저씨, ㅇㅇ빌딩, 이리 가지요? 그는 고개를 들어 둘러보더니, 네, 저기서 왼쪽으로 꺾어지세요. 금방 나와요. 옳거니. 거의 다 왔네. 안내받은 대로 왼쪽으로 꺾어져서 직진한다.

　잠시 걷다가 멈춘다. 나는 모르는 길을 찾을 때 대개 세 사람에게 묻는다. 처음에는 몰라서, 두 번에는 확인차, 세 번에는 한 번 더 확인차. 길치에 가까운 내 경험에 의하면, 처음과 두 번째 안내는 일치하지만, 때로는 정반대의 경우도 있다. 왼쪽으로 꺾어져서, 그렇게 말하지만 오른쪽으로 꺾어져야 할 때도 있다. 그럴 경우 세 번째 다시 물어서 확인한다.

　오늘은 어떤가. 첫 번째 두 번째, 모두 일치했다. 지금 가는 길을 죽 가다가 왼쪽으로 꺾어지면 된다. 그래도 다시 확인하기로 한다.

　중년 여성이 걸어온다. 저, ㅇㅇ빌딩 이쪽으로 가나요? 그는 금방, 아, 네. 저기요. 하더니 다시 말한다. 아니, 저기가 아니고, 맞은편이에요. 길 건너야 해요. 그렇구나. 확인하기 잘했구나.

　나는 길을 건너 큰길에서 갈라진 작은길로 들어간다. 건물 앞에 안과 간판이 크게 보인다. 그래, 이 안과에 오기 위해 오늘 아침 나는 세 명의 낯선 이들의 안내를 받았다. 그들은 나에게 길 안내자들이었다.

이제 집으로 오고 있다. 오는 길에 핸드폰 커버도 주문하고 계좌 이체도 하며 느긋하게 가는 중이다. 저만치 앞에서 노부부가 걸어간다. 어릿어릿 두리번거리는 모습이 이곳에 처음 오는 듯하다. 나는 일부러 천천히 뒤따라 가는데 어머니가 돌아서서 묻는다. 여기 성모병원이 어딥니꺼?

아싸! 나는 속으로 반색을 하며 손으로 저 앞을 가리키며 큰 소리로 말한다. 이 길로 쭉 가세요. 교회 보이지요? 그 맞은편이에요. 나는 빙긋거리며 계속 뒤따라간다.

암각화

누가 왜 이곳에 이런 그림들을 그린 걸까.

울산에 있는 암각화.

반고사란 이름의 사라진 절터. 근처에 있는 큰 절벽의 바위에 그림들이 새겨져 있다. 사슴 멧돼지 호랑이 여우 늑대 족제비 등의 육지동물과, 고래 거북 물개 등 바다동물, 사냥꾼과 어부와 배, 그리고 기하학적 무늬와 글자들도 새겨져 있다. 거의 75종 300여 점에 이르며 고래사냥 암각화는 세계에서 가장 오래된 것이다. 동물 그림들은 신석기 시대에, 기하학적 무늬는 청동기 시대에, 아랫부분의 글자와 단순한 그림은 삼국시대에 그려진 것으로 추정된다. 대한민국 문화재로 지정되었고, 유네스코 세계문화유산 후보 목록에 올라 있다.

암각화들을 보면서 묻게 된다. 누가 무엇 때문에 이 그림들을 이곳에 그렸는가. 다양한 해석들이 있을 것이다. 물고기를 잡고 사냥을 하는 기술을 잊지 않기 위해, 자신들의 수확을 기뻐하기 위해서.

무엇보다 그들은 심심했을 것이다. 무료함. 무방비 상태로 시간과 마주 앉는 것을 견디기 어려웠을 것이다. 빤히 쳐다보는 시간의 눈. 그래서 폭우 쏟아질 때, 천둥번개 몰아칠 때, 밖에 나가 사냥할 수 없을 때, 고기 잡을 수 없을 때, 바위에 돌에 그림들을 그리고 새긴다. 무엇을 그린다는 생각도 없이 하여간에 심심해진 손을 움직인다.

머리와 가슴의 생각과 감정들이, 눈으로 본 풍경들이 손으로 전달되고 그림이나 조각으로 나타난다. 그들은. 시간을 잊고 재미있는 놀이에 빠진다.

사하라 사막에서 발견된 암석 벽화는 어떤가. 이곳을 지나간 대상들이 신었을 샌들이 그려져 있다. 또 앞치마를 두른 남자와 여자의 음부가 그려져 있다. 사막을 막막하게 지나가야 하는 남자들의 외로움과 여자에 대한 갈망을 나타낸다고 한다. 끝없이 이어지는 모래 바다 한가운데서 그들 역시 손으로 그림을 그리며 시간의 막막함을 잊고자 했을 것이다.

그렇게 시작되었을 것이다. 자기표현, 승화, 불멸에 대한 집착. 이런 의미들은 후세 사람들이 붙인 해석이었을 것이다. 아니 이런 해석 또한 처음에는 시간의 무료함을 잊기 위해서 생겨났을 것이다.

여름이 되고 암각화가 물에 잠기자 문화재청과 울산시는 이를 보존하기 위한 방식을 모색한다고 한다. 그래. 시간의 두려움과 맞선 고대인들의 흔적을 이렇게 지키려는 것이다.

3부

나팔꽃 편지

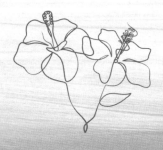

앨리스의 질문

『이상한 나라의 앨리스』, 아이들도 어른들도 좋아하는 책. 줄거리만 듣고도 재미있어 한다. 나도.

책꽂이에 세워놓고 오가며 표지 그림을 본다. 저 괴상한 얼굴들, 앨리스가 이상한 나라에서 만난 인물들이다. 그래, 폭염에 제정신이 아닌데, 그 이상한 나라에 한번 가보자.

영국의 작은 대학촌, 평화롭고 따뜻한 오후다. 앨리스는 언니하고 강둑에 앉아 있는데 심심하다. 언니가 읽고 있는 책을 옆에서 들여다보지만 금방 흥미를 잃는다. 뭐야, 이야기도 없고 그림도 없는데 무슨 재미람. 그러다가 슬그머니 잠이 든다.

앨리스는 작은 토끼 한 마리가 시계를 보더니 깜짝 놀라 땅속으로 사라지는 것을 본다. 재빨리 따라 들어간다. 땅 아래로 굴이 뚫려 있다. 앨리스는 이상한 나라로 들어갔다.

앨리스가 땅속 나라에서 보고 듣고 겪는 일은 괴상하고 이해할 수 없다. 아무것도 고정된 것이 없고 뒤죽박죽이다. 앨리스가 물약을 마시면 몸이 확 커지기도 하고 작아지기도 한다. 그 이상한 곳에서 만난 도마뱀 고양이 토끼 돼지들은 모두 철학적인 말씀들을 한다.

가령, 토끼가 앨리스에게 말한다. "네가 나만큼 시간을 안다면 시간을 낭비한다고 말하지는 못할 거다. 시간은 물건이 아니고 사람이니까."

무슨 소리. 시간은 사람이니까 낭비할 수 없다니. 우리는 사람도 마구잡이로 이용하고 버리는데. 그럼 절대 낭비할 수 없는 것은 무엇이란 말인가.

이번에는 앨리스와 나비 애벌레가 알쏭달쏭한 말을 주고받는다. 대단히 중요하다. 나비 애벌레는 버섯 위에 앉아 물담배를 피우고 있는데, 의젓해 보인다. 그가 앨리스에게 묻는다. "넌 누구냐?"

앨리스가 대답한다. "지금은 모르겠어요. 오늘 아침에는 알았는데. 그러나 아침 이후 나는 몇 번이나 변했어요. 그러니 지금 내가 누군지 모르겠어요."

"그게 무슨 소리냐? 설명해봐."

"나 자신을 설명할 수 없어요. 내가 하루에 이렇게 커졌다가 작아졌다가 하니 너무 혼돈스러워요."

애벌레는 앨리스의 대답을 이해하지 못한다. 그러자 앨리스가 나비 애벌레에게 야무지게 따진다. "당신은 지금은 애벌레지만 곧 번데기로 변하고 그다음에는 나비가 되잖아요? 당신도 이상하다고 느끼지 않나요? 당신이 애벌레인지 번데기인지, 나비인지?"

"전혀 안 그래."

앨리스가 다그친다. "나라면 정말 이상할 텐데."

"너라고? 네가 누군데?"

"먼저 당신이 누구인지 말해주세요."

하기사 우리도 아침저녁으로 변하니까. 보따리 잃어버렸을 때와 찾았을 때의 우리가 다르니까. 그러므로 앨리스가 옳다. 우리도 내가 누구인지 헷갈린다.

앨리스는 우여곡절 끝에 흰 토끼, 생쥐, 앵무새, 신하들과 공작부인과 여왕이 와글거리는 방으로 들어간다. 누가 외친다. 이런 미친 세상에 왜 온 거야? 화가 난 여왕이 앨리스의 목을 쳐라, 명령한다. 앨리스는 갑자기 이 모든 것이 카드놀이일 뿐이라는 걸 깨닫는다. 꿈에서 확 깬다. 넌 도대체 누구냐?

스티브 잡스

스티브 잡스에 관한 텔레비전 프로그램. 스탠퍼드대학 졸업식에서 한 그의 연설을 중심으로 지금은 잘 알려진 그의 중요한 삶의 궤적들이 소개된다.

그의 생애는 태어날 때부터 특이하지 않은가. 샌프란시스코에서 1955년 출생. 대학원생이었던 생모는 양부모에게 아기를 대학에 보내야 한다는 조건을 제시했고 양부모는 이를 약속한다. 그는 열일곱 살에 포틀랜드 오리건 소재의 리드칼리지에 입학한다. 인문교육의 메카로 인정받는 사립대학. 그러나 그는 비싼 등록금이 양부모의 저축을 바닥낸다는 것을 알고 한 학기 만에 자퇴한다. 한동안 친구 기숙사 방에서 잠을 자며 캘리그래피 등의 과목을 청강한다. 이 경험은 그가 애플의 독특하고 개성 있는 글씨체를 창조해낸 밑거름이 되며, 훗날 그는 리드칼리지에 없어진 그 과목을 다시 개설한다.

그 이후의 그의 행적. 그는 샌프란시스코를 휩쓸었던 히피 운동의 한가운데를 지나왔다. 경직된 기존 질서에 대항하는 시대 분위기에 영향을 받았다고 그는 말했으니까. 전쟁은 안 돼요. 사랑을 해요. 기타를 치며 반전 노래를 불렀던 존 바에즈와 데이트를 했던 것도 그 시기였다.

좀 더 보자. 그는 빈병을 줍고, 무료 급식소에도 다니다가 인도 여행을 하게 된다. 젠 사상과 명상에 심취하고 마리화나를 피우며, 시공을 초월하는 세계를 넘나들기도 한다. 그러면서 자신이 사랑하는 것이 무엇인지를 알게 된다. 그렇다, 쉽게 흉내 낼 수 없는 그만의 경험들이다.

그후 그는 젊은 나이에 친구와 애플을 공동 창업하고 그 회사에서 해고되지만 몇 년 뒤 최고경영자가 되어 복귀한다. 2004년 췌장암 진단과 시한부 선고를 받았지만 2011년 사망할 때까지 아이패드 등 신모델을 출시, 포스트 개인용 컴퓨터 시대를 연다.

그가 대학 졸업생들에게 연설을 한 것은 암 수술 뒤 일 년이 지나서이다. 그래서였을까. 그가 하는 말들은 삶과 죽음과 일에 관한 촌철살인적인 통찰들이다. 그는 강조한다. 자신의 삶을 관통하는 키워드는 사랑이며, 애정으로 헌신할 수 있는 일을 찾은 것이 자기를 살아 있게 하는 원동력이라고 한다.

"죽음은 삶의 가장 위대한 발견이다. 죽음 앞에서 우리는 벌거벗은 상태이다."

"성공과 명예, 다른 사람의 평가는 잉여이다."

스티브 잡스

"오늘이 마지막 날인데, 지금 당신은 좋아하는 일을 하고 있는가. 사랑하는 일을 어떻게 찾느냐고? 계속 배고파야 한다, 치열해야 한다."

그의 말들 어디에도 초월자에 대한 언급은 없는 듯하다. 그러나 수도승을 닮은 그가 카랑카랑한 소리로 쏟아내는 말들은 죽음과 마주했던 사람의 자기 고백으로 들리기도 한다. 고해성사와 같은 그의 증언들.

그날 그의 강연을 들은 젊은이들은 성공과 명예가 보장된 이들이다. 동시에 그들 앞에 놓여 있는 차별과 불평등의 그늘. 그들은 그의 주문을 실천할 수 있을까. 도전할 수 있을까.

레의 귀환

늦가을 비가 내리는데 라디오에서 낯익은 노래가 흐른다. 오 대니 보이. 저 목장에는 여름철이 가고 산골짝마다 눈이 덮여도.

이 노래를 들으면 어김없이 떠오르는 장면이 있다. 뉴욕의 그랜드 센트럴 스테이션. 밀려가고 밀려오는 수많은 사람들. 다양한 인종. 높고 둥근 천장에 향기로운 빵들이 주렁주렁 달려 있는 카페와 책방들. 지하도 한쪽에서 백인 청년이 오고 가는 행인들을 향해 노래를 부르고 있다. 아 목동아. 너도 가고 또 나도 가야지.

노래를 듣고 서 있던 사람들이 박수를 치고 그 앞에 놓인 작은 상자에 돈을 넣기도 한다. 나도 사람들 속에서 착잡한 마음으로 그의 노래를 들으며 서 있었다. 버스킹이 낯설던 시절, 나는 그가 뉴욕에 넘쳐나는, 어쩌다가 노숙자가 된 불우한 음악가인 줄 알았다. 하, 그러나 그 젊은 성악가는 거리에서, 결혼식 생일 파티 등의 모임에서 축가를 부르며 자신을 홍보했다. 작은 상자 속에 든 그의 명함에는 이름과 전화번호가 적혀 있었다. 그 이후 이 노래를 들을 때마다 인파로 붐비는 대도시의 전철역과 젊은 음악도의 노래와 내가 느꼈던 감정들이 되살아났다.

우리 집 부엌방 한쪽 벽에 오래된 피아노 한 대가 방치된 채 놓여 있다. 먼지를 뒤집어쓴 피아노 위에는 책들과 오래된 악보들이 쌓여 있다. 어쩌다가 그 방에 들어가면 한 손으로 딩딩 건반을 두드리기도 한다. 넓고 넓은 바닷가에 오막살이 집 한 채. 라라라라 라라라 엘리제를 위하여.

그날도 〈오, 대니보이〉가 라디오에서 나오고 나는 건성으로 건반을 누르기 시작했다. 독립적이면서도 나란히 어깨동무를 하고 있는 건반들. 그들이 내는 음들. 도레미 미레 미라솔파미레도 흥얼거리며 천천히 건반을 누르는데.

그런데, 이상했다. 반복해서 다시 누르니 음 하나가, 레가 엇나갔고 그래서 앞뒤의 음들도 흔들렸다. 손가락 하나를 다치면 나머지 손가락들이 다 아픈 것처럼.

건반 위의 어긋한 음 하나는 내 기억 속에 살아 있는 〈오, 대니보이〉 전체를 절룩이게 만들었다. 그 노래가 울려 퍼지던 대도시 지하철역의 풍경들과 사람들, 그 속에 서 있던 나의 모습들도 어긋나고 비틀거리는 듯했다. 바로잡아야 한다. 그래. 어긋난 레를 고치는 것은 기억 속의 풍경들을 다시 복원하는 일이다.

내 사랑 프라이드

낡은 피아노 건반 한쪽 끝에 조율사의 연락처와 이름이 박힌 태그가 붙어 있었다. 하도 오래전의 일인지라 인터넷에 들어가서 그의 이름 석 자를 입력하자 어느 교회의 신문기사가 떴다. 사업도 안 되고 사는 것도 시들해지고, 그는 아내의 권고로 신앙 생활을 하게 되고 우연히 교회 피아노를 조율하게 되고. 이후 교회에서 무료 봉사를 하고 있었다. 그와 연락이 되었다.

작업복을 입고 연장 가방을 들고 들어오는 그에게 물었다. 여기 오신 것 기억나세요? 글쎄, 하도 오래전이라.

그가 피아노 뚜껑을 열자 내부가 드러났다. 문외한의 눈에도 회생 불가, 몸에 이상이 생겨 복개했더니 손댈 수 없어 다시 닫아야 하는, 그런 상태로 보였다.

그는 오후 네 시부터 일곱 시 가까워질 때까지, 한 번도 나오지 않고 일했다. 어디선가 전화가 한 번 온 듯했다. 딩딩딩딩딩딩 건반을 하나하나 눌러 음을 고르는 소리가 들렸다. 음 하나하나 어디가 잘못 되었는지, 그의 귀가 인정하는 음이 나올 때까지.

그가 흰 건반을 하나하나 누르면서 집중하는 것이 마치 치과의사가 작은 망치로 이빨을 하나씩 톡톡 치며 확인하는 것 같기도 했다. 딩동딩 동동동 딩동딩동. 그렇게 오후가 흘렀다.

잠잠해지자 나는 안으로 들어갔다.

"피아노 뚜껑 나무가 들떠서 젖혀지지 않는데, 가져가서 수리하기도 그렇고, 그냥 쓰세요. 투명 테이프로 여기를 붙이고. 앞으로 넘어

레의 귀환

오면 다치니까. 여기 연락처 새로 붙였습니다."

수리비가 든 봉투를 내밀면서 나는 말한다. "이렇게 오랜만에도 연락 오는 이들이 있나요?"

"글쎄요. 아주 어쩌다가." 그는 연장 가방을 들고 운동화를 신으며 말한다.

이렇게 레는 돌아왔다. 건반 위에서 비틀거리던 음 하나를 바로잡고 나니 좌우로 연결된 음들이 되살아났다. 기억 속의 노래도, 거대 도시 중앙역 지하 광장에 모여 노래를 듣던 사람들도, 엉거주춤 감동에 겨워 서 있던 나의 모습도 돌아왔다. 레의 귀환은 달랑 혼자가 아니었다.

여우에게

『어린 왕자』를 몇 군데 다시 읽었다. 가령, 여우가 어린 왕자에게 자기와 사귀자고 간절하게 말하는 장면.

여우는 어린 왕자를 오랫동안 응시했다. 그리고 말했다. "날 길들여줘. 부탁할게."

어린 왕자가 말한다. "난 곧 떠나야 해. 많은 사람들을 만나고 많은 것을 이해해야 하거든."

어린 왕자의 말, 이해할 수 있다. 철없는 시절, 온 세상이 다 보고 싶지. 나뭇가지 끝에 앉은 참새 새끼처럼 쉬지 않고 폴싹거리지. 졸졸 시냇물이 되어, 넓은 세상 보고 싶어 바다로 가야 하지.

여우는 삶에 대한 열망에 차 있는 이 순진무구한 어린 왕자를 알아본다. 그리고, 그를 자신의 황량한 삶 속으로 초대한다. 여우와 어린 왕자가 주고받는 말은, 경험자와 방금 길을 나서는 초심자의 대화이다.

여우는 어린 왕자를 이렇게 설득한다.

"사람을 이해하기 위해서는 길들이는 관계를 맺어야 하는 거야."

중요한 것은, 노회한 이 여우는 솔직하게 어린 왕자에게 자기 삶의 진실을 토로한다는 것이다. 그는 순결한 소년에게는 진실만이 무기라는 것을 알고 있다.

"내 삶은 단조로워. 난 닭들을 쫓아다녀. 사냥꾼들에게는 쫓겨 다니고. 그래서 지루해."

그는 다시 간절하게 말한다.

"네가 날 길들이면, 내 삶에 환한 빛이 비추기 시작할 거야."

여우의 진심이 통한 것일까, 어린 왕자는 여우의 말을 건성으로 듣지도 않고 의심하지도 않는다. 그는 여우에게 길들이는 것이 어떤 것인지 묻는다.

"어떻게 하면 되는데?"

"인내심을 가져. 나에게로 매일 조금씩 정해진 시간에 오는 거야. 네가 네 시에 오기로 했으면, 난 세 시부터 너무 좋아 제정신이 아닐 거야."

아이고, 나는 여우의 말에 놀란다. 이럴 수가. 산전수전 겪은 여우는 여전히 가슴 설렐 수 있구나. 삶에 대한 기대가 살아 있구나. 하기사 세상의 험한 꼴을 다 겪고 있으니, 단순하고 맑은 만남이 얼마나 귀한 것인지를 알고 있는 거지.

여우와 어린 왕자는 서로 사귄다. 어린 왕자는 길들이는 것이 무엇인지 차츰 알게 된다. 그는 여우를 만나기 전에는 별에 두고 온 장미가 평범하다고 울었다. 그러나 이제 그는 그 장미가 세상에서 유일한 그의 장미라는 걸 깨닫게 된다. 아, 장미가 날 길들였구나.

여우는 어떤가? 그는 자신의 비루한 삶 속에서도 기쁨과 설렘을 포기하지 않는다.

장마가 시작되는 이 아침, 나는 이제야 여우를 만난 듯하다. 그러면서 생각한다. 그렇게 오랫동안 여우를 보지 못했는데, 어린 왕자인들 제대로 봤겠는가. 알았겠는가.

여우에게

남의 눈

"아무도 숨을 수 없습니다."

아파트 단지에도 놀이터에도 사거리에도 공원에도 플래카드가 붙어 있다. 흰 바탕에 붉은 글씨. 카메라들이 감시하고 있으니 빈 컵, 빈 캔, 쓰레기들 아무 데나 버리지 말라는 경고이다.

치과 의자에 마취한 채 얼굴을 가리고 누워 있는데, 천천히 졸음이 온다. 조금 전에 지나쳐 온 플래카드들이 계속 펄럭거린다. 만화에서 본 괴물인지, 위로 찢어진 눈들이 여러 개 달린 얼굴들이 빙빙 떠오른다. 어떤 곳에서는 이마에 붉은 점을 칠한다지. 두 눈이 못 보는 것을 볼 수 있는 마음의 눈이라지. 보이는 것만이 전부가 아니라고 한다지. 그런데, 내 눈앞에 어른거리는 저 많은 눈들은 누구인가.

진로를 고민하는 여학생의 말, "더 이상 남의 눈에 휘둘리고 싶지 않아요." 희귀병을 앓는 아이를 혼자 키우는 엄마. 남들 부러워하는 결혼을 한 뒤 금방 이혼한 젊은 여자. "남들의 시선이 더 힘들어요."

내 사랑 프라이드

남의 눈. 내 안에 들어와 있는 세상의 편견. 감시의 눈.

의자에서 눈을 뜨니 창 밖으로 구름이 천천히 흐른다. 떠돌던 눈들도 사라진다.

내 눈은 남아 있는가.

만다라

젊은 수도승들이 며칠 동안 묵언 속에서 만다라를 그려간다. 완성되자마자 흐트러뜨린다.

만다라는 산스크리트어로 둥근 원을 뜻하는데, 인류의 오래된 종교적 상징 중 하나이다. 한국의 연꽃 문양, 멕시코 고대 문명, 기독교 문화에서도 만다라 특징을 가진 그림들이 발견된다.

티베트 불교에서 만다라 수행은, 욕망은 공(空)하다는 부처님의 가르침을 만다라를 그려가는 과정에서 깨우치는 것이다. 원과 사각형으로 구성된 그림을 젊은 승려 대여섯 명이 채색 모래알로 그려 나간다. 침묵과 집중, 정토를 향한 열기. 며칠 동안 계속된다. 그림이 완성된다. 그 순간 승려들은 일제히 그림을 휘젓는다. 사방으로 흩어지는 영롱한 모래알들. 처음부터 함께해왔던 사람들은 울음을 터뜨린다. 합장하며 절하기 시작한다. 빈손에서 빈손으로, 애증과 집착을 놓아야 한다.

또 다른 장면.

동안거에 들어가는 스님들이 줄지어 앉아 있다. 삭발한 모습들. 깨끗하고 무표정한 얼굴들. 그 앞에 정좌한 큰스님의 설법이 계속된다. "어느 절에 어린 동자가 있어요. 그는 매일 첫새벽 큰스님에게 인사 갔어요. 큰스님은 욕을 하며 동자의 얼굴과 가슴을 막 때렸어요. 동자는 계속 큰스님에게 새벽 문안을 드렸어요. 내가 지금 여기 있는 여러분에게 싫은 소리 하고 호통을 치면, 당장 짐 싸서 나갈 사람도 있어요."

수행에 들어가는 스님들에게 당부하는 말씀치고는 지나치게 들린다. 이유가 있을 것이다. 이어지는 말씀은 더욱 노골적이다. "몸은 절속에 있으면서 잡생각이나 하고 뒷담화나 하면, 강아지처럼 명예나 쫓아다니게 돼요. 간절함이 없으면, 정진할 수 없어요. 올겨울에는 공부에 전념하여 말과 행동과 생각이 일치하게 되기를 바랍니다."

쏟아지는 이 죽비들은 그러니까 초심을 잃지 말자는 당부이다. 왜 머리 깎고 절에 들어왔는지, 이 앙상한 계절에 꽉 움켜쥐고 마주하라는 것이다.

이 설법이 이들에게만 해당되겠는가.

무대

1

티비에서 방영된 영화 〈타인의 삶〉을 보았다. 영화는 옛날 동유럽에서 검열, 도청, 미행 등의 폭압이 어떻게 예술가들의 삶과 창작을 파괴하는지를 보여준다.

유명 극작가와 최고의 연극배우인 그의 아내. 그들의 집에는 늘 예술가, 화가, 작가, 배우 연출가 들이 모인다. 그들의 집 앞에서 잠복하고 있던 검은 세단이 그녀를 차에 태운다. 차 안에서는 뒤룩거리는 고위 당원이 바지 지퍼를 내리며 달려든다. 잠시 후, 넋이 나간 여자가 차에서 내려 아파트로 들어간다. 샤워실에 주저앉는다. 견딜 수 없어 여자는 늘 약을 복용한다.

여자는 더 이상 그의 요구에 응할 수 없다. 수갑을 찬 채 끌려간다. 그들은 위협한다. 당신은 더 이상 무대에 설 수 없소. 당신은 너무 큰 적을 만들었소. 남편을 사랑하는 여자, 그리고 여자를 지탱하는 것은 무대이다. 무대를 **빼앗긴다면?** 절친했던 연출가는 감금 상태가 풀리지 않자, 자살한다.

무대에 설 수 없다면. 여자는 울며 매달린다. 방법이 있을 거 아닌가요. 무엇이든 하겠어요. 그들은 한 가지 조건을 내세운다. 최근에 그녀의 남편은 이곳 상황을 알리는 기사를 써서 비밀리에 서독 잡지에 보냈다. "이곳에서는 모든 것이 검열된다. 더 이상 자살률 같은 것은 알 수 없다."

누가 그 기사를 써서 어떻게 서독으로 보냈는지, 그 기사는 어떤 타이프라이터의 활자로 쓰인 것인지, 그들이 원하는 것이다.

계속되는 회유와 위협, 갈등과 번민. 여자는 그들이 내민 지도 위에 볼펜으로 표시한다. 타이프라이터를 감춰둔 자기 집 거실 바닥에 동그라미를 그린다.

여자는 무엇을 위해 무엇을 희생하는가. 남편과 동료들이 목숨 걸고 지키려는 것, 자유, 사랑. 인간의 존엄. 여자는 자신의 선택이 불가능하다는 것을 깨닫는다.

기관원들이 들이닥치고 그가 표시한 거실 바닥을 뜯기 시작하자 여자는 달려오는 트럭으로 뛰어든다.

우리나라 톱모델이라고 소개된 서른한 살의 여성. 그 분야를 모르는 나에게는 생소한 얼굴이다. 사회자와 모델 사이에 질문들이 오간다. 모델로서 가장 아쉬운 것이 무엇인가. 키가 좀 더 컸으면 좋겠다. 자신은 171cm인데, 모델들의 평균 키는 178~180cm이다. 모델 학원에 갔는데, 원장 선생님이 언제나 말했다. 넌 안 돼, 키가 작아서.

그곳은 워킹 훈련을 최고로 잘하는 곳. 다른 모델들은 육 개월이면 떠나는데 그는 이 년 넘게 있었다. 신문지로 유리창도 닦고 심부름도 했다.

처음 오디션에 갈 때 그는 디자이너들의 취향을 혼자 연구했다. 모두 하이힐 차림인데, 단화를 신고 머리도 단정히 묶었다.

오디션에 통과했고 중요한 행사 날, 주연 모델이 사정이 생겨서 못 나왔다. 이렇게 그는 시작한다. 작고 가느다란 눈, 동양적인 외모가 유행하면서 그는 활발하게 무대에 서게 된다.

다시. 질문과 대답.

모델을 하면서 괴리감을 느낀 적은 언제인가?

"보석 모델을 할 때가 있죠. 그 보석들은 굉장한 고가여서 모델 한 명당 경호원이 두 명씩 있어야 돼요. 목걸이, 귀걸이, 반지, 팔찌, 그 보석들을 완벽하게 자기 것으로 소화해야 쇼가 성공할 수 있어요. 쇼가 한창 진행되는데, 맨 앞줄에 앉은 사모님들끼리 말을 주고받아요.

당신, 저거 하나 사라, 그럴까. 그 어마어마한 보석들을 두고 그렇게 말해요. 그런 순간들이지요. 괴리를 느끼는 것은. 내가 무대 위에서 아무리 화려한 쇼를 해도, 끝나면 청바지에 운동화 신은 평범한 사람이잖아요. 그런 날은 남대문 시장에 가서 미친 듯이 돌아다녀요. 사람들 사이로, 흥정하는 외침 소리를 들으며 걸어요. 그곳의 삶도 엄연한 현실인 것을, 무대인 것을 확인해요."

밤길에 비단옷

가끔 신문에서 오늘의 운세를 읽는다. 처음에는 내 것만 읽다가 다른 사람들의 운세도 읽는데 재미있다. 그런데 읽다 보면 자주 등장하는 운세가 있다. "밤길에 비단옷 입는 격이다."

여기서 비단옷이란, 남에게 인정받기 위한 과시용이다. 부귀영화의 표시이기도 하다. 그래서 훤한 대낮에 입어서 만인이 볼 수 있어야 한다. 봐주는 사람 없는 밤에 입는 것은 인정받지 못하는 짓, 헛수고만 하는 것이니 딱하다는 소리이다. 읽으면서 동감이 되기도 하여 쯧쯧, 혀를 차기도 했다.

그런데 계속 읽다 보니 슬그머니 이런 생각이 드는 것이다. 뭐 어떤가? 비단옷을 꼭 남한테 자랑하려고만 입는가? 내 멋에 겨워 입는 거지. 봐주는 사람도 없는데 차려입는 거, 그거야말로 멋쟁이 아닌가.

그래. 그 부드럽고 가볍고 따뜻한 비단옷을 나 자신을 위해 입을 때, 비단옷은 남의 이목을 끌거나 과시하기 위한 용도에서 해방되어 옷 자체의 존재감을 갖게 된다. 그러면서 비단옷을 입는 자신을 존중하고 대접하게 된다.

우리는 다른 사람을 위해서 꽃을 사지만, 스스로를 위해서도 산다. 꽃다발을 안고 걸어오면서 자신을 향해 미소 짓는다.

이런 생각은 은퇴 후에 더욱 분명해졌다. 출근할 때는, 특히 모임이 많은 날에는 옷을 고르고 신경을 썼다. 사회생활이 줄어드니 약속이 있어도 편안한 셔츠나 스웨터를 입게 된다. 그러면서 차츰, 알게 된다. 이런 편안한 옷차림이 물론 좋지만, 그러나 헐렁하고 긴장 없는 일상으로 이어지고…… 그래, 삶의 내용 자체가 되는 것이다.

그럼, 그 많은 외출복들은? 무대를 잃은 채 옷장에 남아 후줄근해지기 시작한다. 크기도 체형도 다르니 다른 이들에게 줄 수도 없다. 비단옷의 말로라고나 할까.

어느 인기 신부님의 강연. 강당에 모인 육십 대의 청중을 향해 말한다. "어머니들, 정말 잘 오셨어요. 혼자 집에 계실 때라도 매일 아침 단정하게 머리 빗고 좋은 옷으로 차려입으세요. 그게 어머니들을 위하시는 거예요."

봐주는 사람도 남의 시선 없어도 바르게 살고 생각하는 것, 비단옷을 입을 줄 알고 스스로를 사랑하는 길이다.

너희들의 눈 속에는

고등학교 졸업한 지가 언제인가. 그런데 가끔씩 그 선생님이 생각 난다. 그가 수업 시간에 했던 말 때문이다.

내가 다닌 학교는 전쟁이 끝난 지 얼마 되지 않은 당시로서는 드물게, 넓고 아름다운 교정을 가지고 있었다. 사방에 장미가 만발하고 지금 봐도 멋진 큰 노천극장도 있었다. 자유로운 학교 분위기와 단발 머리 또는 갈래머리를 땋아내린 여학생들 속에서 그 선생님은 약간 동떨어져 보였다.

그는 소위 명문 고등학교와 최고의 법과대학 출신이라고 했다. 그때 우리 교장 선생님은 교사 자격증 소지와 상관없이 우수한 젊은 교사들을 초빙하는 분으로 잘 알려져 있었다. 그가 어떻게 우리 학교 공민 선생님이 되었는지, 또는 잠깐 임시로 가르치게 되었는지 알 수 없다. 하여간에 그가 출석부를 들고 교실에 들어온 것 같지도 않고 담임을 맡았던 기억도 없다. 정말 술을 드신 것인지 다혈질 때문이었는지 얼굴이 불쾌했다. 그리고 단벌인 듯, 늘 허름한 감색 양복 차림이었다.

그는 수업 시간이면 가끔 엉뚱하고 재미있는 이야기들을 했다. 가령, 고교 시절 점심시간에 친구들과 학교 뒷산, 인왕산인지 북악산인지 꼭대기까지 올라갔다고 한다. 고함도 지르고 노래도 부르다가 아차, 정신 차리고 내려오니 수업 시간은 끝난 뒤였다. 허둥거리다가 바위에 걸려 교복 바지가 다 찢어졌다.

그런 이야기를 들을 때면 지루한 수업에 딴짓을 하던 우리들은 책상을 두드려가며 깔깔댔다. 아, 남학생들은 점심시간에 북악산에도 올라가는구나. 꼭대기에 서서 하늘도 올려다보고 도시도 내려다보고 그러는구나. 뭐, 그런 생각을 하며 부러워하기도 했을 것이다.

어느 날 그가 말했다. 수업 내용은 생각나지도 않는데, 이 말은 기억 속에 이렇게나 오래 박혀 있었다. 수업을 하던 그가 느닷없이 던진 말, "말이지, 너희들을 이렇게 보고 있으면." 그는 백묵을 손에 쥔채 빙글빙글 웃는 듯 말했다. "너희들 두 눈 속에서 주판알들이 맹렬하게 움직이는 게 보여."

재미있는 농담이라도 기대했던 우리는 엉뚱한 그의 말에 웃음을 터뜨렸을 것이다. 그래, 그때 우리는 그의 말이 무슨 뜻인지 몰랐다. 우리들 눈에서 주판알이 빠르게 움직이는 것이 보인다니.

최근 들어 그의 이 농담을 더 자주 생각한다. 그 뜻도 생각하게 된다. 천방지축인 듯 보이는, 교복 입고 덜렁거리는 우리들에게서 실은

너희들의 눈 속에는

그는 벌써 체화되기 시작하는 세상의 낌새를 알아본 것일까. 영리하고 계산 빠르게 살아갈 우리의 모습을 미리 보았던 것일까. 아침 조회 시간이면 늘 노천극장에서 자유와 사랑, 평화에 관한 말씀을 듣는 우리들에게서.

그가 그 옛날 여학생들의 눈에서 반들거리는 주판알을 보았다면, 세상을 이렇게 많이 살아온 우리들에게서는 무엇을 보게 될 것인지. 궁금해진다. 두려워진다.

선택

사막의 수도사들의 삶.

그래, 짧지 않은 팔십 평생을 산다 해도, 인간의 삶, 저 끝없이 펼쳐지는 사막의 모래알과도 같다. 억겁의 시간과 공간 속에서 그 티끌 같은 삶을 오로지 한곳으로 집중하는 것. 신을 향한 수행에 바치는 것. 그런 선택이다.

사십 년 넘게 수도원에서 살아온 팔십이 넘는 수도사. 그는 평생을 성화를 복원하는 데 바치고 있다. 새벽 네 시부터 일곱 시까지 진행되는 미사, 저녁 미사, 그리고 베두인들과 함께 빵을 만들고 그 빵에 십자가 인장을 박는다. 포도주를 만든다.

이십 대의 젊은 수사는 말한다. 아버님은 암으로 돌아가시기 전에 이 길을 택한 저를 용서하셨어요. 어머니는 그때부터 저를 지지하세요. 어릴 적 사진들이 보인다. 가족들의 사진들을 가지고 들어왔어요. 그들이 함께 있다고 느끼려구요.

그렇구나. 자신의 삶을 신에게 바치기 위해서 가족의 힘이 필요하구나.

강가를 걸으며 생각한다. 그들은 신을 선택하기 위해 인간을 떠난 것인가. 인간을 더 잘 만나기 위해 신을 선택한 것인가.

노수사의 말이 되살아난다.
인간은 무의미하게 태어나지 않아요. 삶의 의미는 반드시 있어요. 신이 없다면 모든 것이 덧없어집니다.

정인이

입양기관에 맡겨진 생후 일 년 육 개월 된 아기, 한국의 양부모에게 입양된 후 학대받아 사망했다. 며칠 동안 정인이에 관한 뉴스로 와글거린다. 경찰청장이 나와서 구십 도로 허리 굽혀 사죄하고, 서장은 대기발령되고, 단호하게 대처하겠다, 새롭게 조직을 개편하겠다, 다짐 또 다짐한다. 아기의 묘지 앞에는 카드와 꽃다발이 넘쳐흐른다.

물끄러미 쳐다본다. 대단하다. 약자에 대한 저 맹렬한 관심과 정의감. 그런데 왜 이런 장면이 겹치는가. 히치콕의 스릴러 영화 〈새〉. 시커먼 새 떼가 몰려와 사람들의 이마와 등짝을 공격한다. 혼비백산하여 흩어지는 사람들.

일반적으로 알려진 우리나라의 입양의 역사. 1950년대 전쟁고아에서 시작되어 1960~1970년대로, 그 이후로 이어진다. 파독 광부와 간호사, 월남 파병. 전후 궁핍했던 국가는 복지 비용이 부족했고 입양 사업은 만만치 않은 외화 벌이가 되었다. 부자 나라에 보내 잘 키우고 공부시켜 준다고 가난한 부모들에게 입양을 설득하기도 했다.

대한민국은 2023년 현재 세계 경제대국 10위. 그러나 10위권 부근의 국가들 중에서 출산율이 제일 낮고, 해외 입양아 숫자는 제일 많다고 한다. 미혼모에 대한 사회적 편견은 폭력적이고 베이비박스에 버려지는 아기, 유령 영아, 냉장고에서 발견되는 아기. 대한민국의 민낯이다.

입양아에 대한 나의 오래된 기억 하나. 1970년대 중반이었나, 뉴욕행 비행기. 옆에 앉은 미국 여자가 한국 갓난아기를 안고 쩔쩔매고 있었다. 당시에 흔히 있는 일. 입양 부모를 대신하여 대리모가 아기를 미국의 가족에게 데려다주는 길이었다. 그날 갓난아기는 숨이 끊어질 듯 쉬지 않고 울어댔다. 미국 여자가 안고 일어나서 좁은 통로를 쉬지 않고 왕복하며 달래도 소용없었다. 아기 울음은 사그라들지도 끊이지도 않았다. 덩치 큰 미국 여자는 얼굴이 벌겋게 되어 폭발 직전인 듯 보였다.

보다 못해 옆에 있는 한국 여자들이 나섰다. 내가 엉거주춤 아기를 받아 안고 이러저리 흔들어댔다. 아기는 잠깐 울음을 그치는 듯하더니, 좀 편안해지려나 했더니, 더 화가 나서 울어젖혔다. 미국 여자는 옆에서 다시 받아 안을 생각도 못 하고 씨근덕거렸다.

뒷좌석에 앉아 있던 한국 할머니가 나섰다. 미국에 있는 딸에게 가는 듯한, 쪽을 찌고 얌전한 치마저고리를 입은 할머니가 일어나더니 아무 말 없이 아기를 받아 안았다.

거짓말 같았다. 아기는 울음을 뚝 그쳤다. 지금도 기억한다. 주위 승객들 위로 내려앉던 안도감과 놀라움. 아기는 본능적으로 한국 할머니의 품속을 알아차린 걸까. 어딘지도 모르는 곳으로 휘말려 가는 불안감 속에서 죽을 듯이 울어대던 아기는 그래, 할머니의 품에서 자기가 태어난 나라의 흙냄새와 편안함을 느꼈단 말인가. 그렇지 않고서야 그 돌연한 변화를 어떻게 설명할 수 있을 것인가.

그날 아기는 내내 덩치 큰 미국 여자와 자그마한 한국 할머니 품속을 오고 가며 울다가 그치다가를 반복했다. 울다가 그치고, 그쳤다가 다시 울었다. 승객들에게, 특히 한국인들에게 참으로 불편하고 불안한 비행이었다.

그런데 지금 그 입양 아기들이 성인이 되어 돌아오고 있다. 사정이 무엇이었든, 자기들도 모르는 이유 때문에 낯선 곳으로 입양되었던 그들, 어떤 이들은 잘 자라서, 또 어떤 이들은 파양당해 영주권조차 받지 못한 채 그들을 버린 이곳으로 돌아오고 있다.

2022년 진실·화해를 위한 과거사 정리위원회는 해외 입양에 대한 조사위원회를 구성했다. 입양아들은 이 위원회를 통해 자신들에 대한 입양 정보가 없거나 오류임을 확인한다. 친부모 동의서도 없다는 것을 발견한다.

입양아들이 주장하는 것은 한결같다. 내가 누구인지 알고 싶다. 나의 친부모들이 나를 버린 이유를 알고 싶다. 이들의 질문은 이렇게

정인이

자신의 실존과 맞닿아 있다. 내가 누구인지 그 최초의 시간이 블랙홀인데, 어떻게 나를 받아들이는가.

어떤 이들은 작은 실마리라도 찾기 위해 최면 치료도 받는다. 최면 상태에서 심연 속에 가라앉아 있던 기억을 찾고자 한다. 그것은 현재의 자기를 말해줄 끈이 될지도 모른다. 그러니까 이들이 친부모를 찾아가는 과정은 자기 삶의 블랙홀을 마주하는 과정이다.

얼마 전에 본 다큐멘터리. 젊은 부부, 한 살 된 어린 딸을 두고 있음, 두 사람 모두 어릴 때 입양, 성인이 되어 친부모를 찾기 위해 한국에 왔다. 다큐멘터리는 남편이 친부모를 찾는 과정을 하나하나 추적한다.

그는 입양 당시의 사진, 발견된 장소, 그 당시의 인적사항 등이 적힌 전단지를 수백 장 만들어 방방곡곡에 뿌린다. 자기가 발견된 작은 마을에 가고 그 주변의 동네들을 방문하고 경로당에 가고 동사무소를 방문한다. 그 당시의 동회 이장을 수소문해 찾아가기도 한다. 그는 사십 년 전 입양아에 관한 소문을 행여 들은 적이 있을 만한 노인들을 찾아나선다.

그래, 기억의 중요성. 어쩌다가 주워들은 말 한 마디의 중요성.

그는 매일매일, 몇 달 동안 찾아다닌다. 끝없는, 출구 없는 미로와 같은 길. 그러다가 그가 입양되기 전에 석 달간 어린 그를 맡아 키워준 부부를 우연히 만나게 된다. 집도 없는 아이가 몇 번이나 경찰서에 들락날락하니까, 어쩌다가 내가 맡아서 우리 집에서 살았어요. 또래 아들이 있었는데 그 애를 형, 형, 부르면서 지냈어요. 내가 키울까도 생각했지만, 주위에서 잘 생각해보라고 했어요. 무엇보다 우리 아이들도 못 가르치는데 잘 가르칠 수 있을 것 같지 않고. 그래서 더 좋은 데로 보냈지. 그곳이 어디인지는 기억에 없어.

그는 또 〈전국노래자랑〉을 보다가 노인 청중들이 많은 것을 보고 노래자랑에 도전한다. 그들에게 자기 사연을 말한다. 그는 예선에서 탈락한다.

그는 여전히 친부모를 만나지 못한다. 그러나 친부모를 찾아가는 그 지난한 과정을 통해 그는 현재의 자신을 조금씩 더 이해하게 되었다고 말한다. 그가 하던 말이 잊히지 않는다. 나는 자라면서 늘 혼자 있을 때만 마음이 편했어요. 자란 환경이 좋았는데도 그랬어요. 사람들과 어울리기 전에 늘 먼저 혼자서 마음을 진정시키고 준비를 해야 했어요.

그러니까 입양아라는 사실이 그의 의식에서 떠나지 않았다는 소리이다.

다큐멘터리가 끝날 무렵, 입양아들은 한 사람씩 플래카드를 들고 화면에 등장한다. 입양 당시의 어린 사진들. 방긋 웃는 얼굴, 무심한 얼굴. 여자아이, 남자아이.

그들은 똑같이 말한다.

정인이

"이유가 무엇이든, 용서한다고 말하고 싶어요. 한 번만이라도 얼굴을 보고 싶어요. 그들은 나를 사랑해서, 나에게 더 좋은 기회와 행복을 주기 위해, 그랬을 거예요. 어쩔 수 없는 사정 때문에."

"처음 친모를 만나 같이 잘 때 엄마가 나에게 말했어요. 내 새끼. 내 이쁜 아기. 그 말을 들으며 나는 많은 것이 치유되었어요."

그들은 내내 치유와 상처라는 말을 반복한다. 입양의 굴레 또는 파양의 질곡을 거치면서 삶의 소용돌이에 빨려들지 않기 위해 필사적으로 일어선 사람들.

그들의 상처와 치유가 어떤 것인지. 차마 이해한다고 말할 수 있을 것인가. 그것이 우리가 외면했던 그들의 이야기를 들어야 하는 이유이다. 그들의 이야기는 지금의 우리가 누구인가를 말해주는 단서이다.

울음치료

광화문 세종문화회관 정문에서 왼쪽으로 돌아서면 제법 큰 길이
나온다. 길 한쪽으로 상가들이 늘어서 있는데 그중 제법 큰 꽃집 두
개가 나란히 성업 중이었다.

늘 싱싱하고 다양한 꽃들이 향기를 뿜어냈다. 봄여름에는 물론이
고 한겨울에도. 흰색 분홍색 붉은색 노란색 보라색 국화 장미 프리지
어 백합. 풍요하고 행복한 세상이 그곳에 있었다.

어느 겨울 아침나절, 그중 한 꽃집으로 들어갔다. 그런데 입구에
서 조금 떨어진 안쪽으로 큰 탁자가 놓여 있는데, 젊은 여자가 엎드
려 큰 소리로 울고 있었다. 어깨를 들썩이며 몸부림치듯 울었다. 어
리둥절했다. 정오가 되기 전, 화려한 꽃들 사이에서 그 울음소리는
생경했다.

주인 남자가 말없이 내가 주문한 꽃다발을 만드는 동안 나는 성에
낀 유리창을 내다보았다. 이런저런 생각이 들었다. 내가 저렇게 울어

본 적이 언제인가. 통곡은커녕, 눈물을 흘리며 흐느껴본 적이 언제였는지도 생각나지 않는다. 모친의 죽음 앞에서도, 하관하는 순간에도 관 위로 흙이 덮일 때 그가 좋아하는 붉은 글라디올러스가 제대로 놓여 있는지만 신경이 쓰였다.

겨울 아침, 광화문 꽃집에서 듣는 젊은 여자의 울음소리. 나는 멍해진다.

흐느낌도 없는, 또는 외면하는, 건조한 삶. 웃음과 울음이 사그러드는 단조로운 일상. 어떻게 살고 있는가. 연체된 눈물들, 몸과 영혼에 쌓이는 노폐물들. 그래. 울음치료가 필요하다.

한동안 그 꽃집에 가지 않았다.

오랜만에 그 앞을 지나가다가 멈춰 섰다. 나란히 서 있던 두 꽃집 중에서 한 집이 없어졌고 그 자리에 호프집이 들어서 있었다. 혼자 남은 꽃집도 생기가 없어 보였다. 맥이 풀린 듯했고 한쪽 날개로 버티자니 위태로워 보이기조차 했다.

호프집은 어느 날 튀김집으로 변했다.

물보라

밤사이 찬비가 내렸다. 달력이 두어 장 남았다. 이상할 것도 없다. 새해 들어 천천히 흐르던 시간이 어느 순간 휙휙 지나갔으니까. 오종종한 걱정과 미련들. 빨리 털어내고 새로 시작하고 싶은 거지.

달력을 다시 넘겨본다. 10월은 화려했다. 울긋불긋한 꽃다발이 달력 한가운데를 차지했다. 침울한 방 안이 돌연 생기로 넘쳤다. 11월은? 꽃다발은 사라지고 어두운 청색 배경에, 여자가 의자에 앉아 책을 읽는다. 그래, 안으로 들어오는군. 잎들이 우르르 떨어지잖아.

그건 그렇고, 달력들을 들쳐보니 네모난 빈칸들이 너무 많다. 무표정하게 비어 있는 공간들. 불편해진다. 시간은 돈이라는데, 저 빈칸들은 그렇다면 낭비된 동전들인가. 모아둘 수도 빌려줄 수도 없는.

하여간에, 시간은 기록된 것만으로 평가된다. 빈 공간에 무슨 일이 있었는지, 왜 빈칸으로 남아 있는지 고려되지 않는다.

그렇다 해도.

빈칸에는 정말 아무 일도 없었는가. 그 시간들은 방치되기만 했는가. 가령, 나는 매일 잘 먹고, 자고, 쓰레기 버리고, 걷고, 신문요금 냈다. 소맥도 마시고, 수다도 떨고, 책상에 앉아 있기도 했다.

특별했던 일들은 없었는가. 가령, 언제였지? 떠들썩했던 북미 회담. 긴장해서 텔레비전 앞에 앉아 있었는데, 달력은 비어 있다. 엄청난 산불도, 홍수도, 발이 아파서 한동안 침 맞으러 다닌 것도.

그래, 흔적도 없다. 작은 글씨로 메모한 것도 없다.

지나고 나니 모든 날들은 그날이 그날이다.

시간의 강 위에 떠올랐다 사라지는, 물보라 같은 것들이다.

정말 그런가?

어둠 속에서

저녁. 뉴스를 보는데 텔레비전 화면이 정지하는 듯하더니 순식간에 주위가 새까매진다. 겨울밤 7시 20분. 초저녁이지만, 캄캄했다. 당황하여 창밖을 본다. 다 정전인가. 우리 집만 고장이 아니고? 다행이다.

잠시 후 어둠에 눈이 익었다. 블라인드를 올려놓으니 창밖에는 가로등이 켜져 있고 그 빛이 반사되어 거실 안에서도 사물의 윤곽이 보였다. 칠흑 같은 어둠은 아니다.

천천히 일어나서 부엌 쪽으로 더듬어 갔다. 넘어져도 안 되고 부딪쳐도 안 된다. 조심조심 찬장 문을 열고 초를 꺼냈다. 명절에 차례 지낸 뒤 향과 초를 넣어두니까. 어딘가에서 성냥갑을 본 듯한데. 아, 그런데 성냥갑 안에는 성냥이 딱 한 개 있다. 한숨을 쉰다. 초가 놓여 있는 탁자에 서서 착, 착, 성냥을 그어도 빛만 튀고 불은 안 붙는다. 다시 탁탁, 이번에는 불이 붙었다. 재빨리 초에 붙였다. 그런데 성냥

개비에 불이 붙은 순간 나는 깜짝 놀라서 불을 훅 꺼버린다. 불 나면 안 되잖아. 그러느라고 성냥불과 촛불이 동시에 꺼졌다. 후우, 불씨가 꺼진 것을 확인한 뒤 의자에 풀썩 앉는다. 어둠 속에 앉아 생각한다. 오히려 잘된 거다. 촛불 켜놓은 채 앉아 있다가 졸면…… 큰일이지……. 걸핏하면 달걀 삶다가 냄비 태우잖아. 달걀이 천장으로 튀어 올라가잖아.

한참을 그 상태로 앉아 있다. 크게 불안하지는 않아도, 그렇다고 차분해지지도 않는다. 전깃불이야 지금 고친다니까 들어오겠지만, 언제 오느냐고. 아, 이럴 때 명상이라도 하셔. 그게 되냐고. 심사가 뒤죽박죽이다. 뉴스에서 본 장면. 불난 집에서 사람들이 뛰쳐나온다. 그래? 뭘 들고 튀지? 핸드폰하고 현금카드하고? 아이고, 혼비백산해서 어디 움직이기나 하겠어?

얼마나 지났나. 한 시간, 아니 두 시간?

탕탕 현관문 두드리는 소리. 이 어둠 속에서? 이렇게 반가울 수가. 현관문을 여니, 옆집 어머니가 큰 초를 하나 들고 서 있다. 그리고 라이터를 꺼내 힘들게 초에 불을 붙였다. 라이터가 한 개뿐이어서. 아이고, 고맙습니다. 이래서 촛불을 켰다. 다짐한다. 이제 졸면 안 된다. 전등불이 들어올 때까지.

다시 이런저런 생각들이 떠오른다. 환할 때, 전등불 아래서는 떠오르지 않는 생각들. 우리가 잊고 사는 것들은 무엇인가. 흐릿한 달빛에 의존해 길을 찾아가는 동물들, 가령 쇠똥구리와 철새. 그들은 인공 불빛이 너무 강해서 길을 잃는다고 하지. 모래사장에서 부화해 나온 바다거북 새끼들. 해변의 환한 조명을 바다로 착각해 돌진하다가 죽는다지. 하이고, 그 귀여운 막 태어난 거북이 새끼들의 죽음을 향한 질주.

또 있다. 농촌마을, 도처에 가로등이 생겼지. 그 이후 논에서 모가 자라지 못해. 밤에도 불이 환하니까. 그렇지. 사람도 밤에 불을 꺼야 잠이 들잖아. 온 도시가 휘황찬란하니까 불면증으로 시달리잖아.

그래. 어둠과 함께 잃어버린 것은 무엇인가. 어둠 속에 혼자 있을 때, 어쩌다가 자신을 마주할 기회와 만날 때, 그때 우리는 자신을 알아볼까. 초조한 듯한, 시무룩한, 그 낯선 모습을.

그렇구나. 이 두어 시간의 어둠도 감당이 안 되는구나. 안절부절 못하는구나.

전깃불은 나갈 때처럼 예고도 없이 휙 들어온다. 텔레비전도 아무 일 없었다는 듯 희번덕거리며 돌아간다. 정치꾼들의 저 어처구니없는 구호들도 반가워진다.

어둠 속에서만 떠오른 생각들은 흔적도 없이 사라진다.

그래도 남는 것은 라이터와 초 한 자루를 들고 우리 현관문을 두드린 옆집 어머니의 부수수하고 반가운 얼굴이다.

아파트 불빛

어두운 적막 속에서 더듬거리며 거실로 나오는데, 아, 순간 놀란다. 맞은편 아파트 여기저기 켜진 불빛들. 부엌에 거실에 작은방에 들어오기 시작하는, 오렌지색 레몬색 수은색 전등불들. 참 예쁘네. 아파트 전체가 살아나네. 대낮에는 허연 시멘트 덩어리일 뿐인데. 지금 보니 살아 있는 사람들의 삶의 터전이네.

그래. 이 찬바람 부는 봄날 초저녁 저 아래 어둠 속에서 옷깃을 다잡으며 종종 집에 가는 사람이 문득 위를 쳐다볼 때, 그를 위로하는 것은 초승달도, 보름달도 아니다. 별들은 더욱 아니다. 그 순간 그에게 사람 사는 동네를 지나가고 있다는 안도감을 주는 것은, 어둠 속, 창마다 하나둘 밝혀지기 시작하는 저녁 등불들이다.

거실의 불을 켠다. 나도 저 허공 위의 꽃밭에 등불 하나 보태고 싶다.

가양동 가는 길

"여기 너무 오래 있었어. 어서 가야지."

맘에 걸린다. 선생님은 전화 속에서 몇 번이나 같은 말을 되풀이하신다.

새해면 구십 중반을 넘어서는 선생님은 여전히 건재하시다. 허리가 굽고 거동도 불편하지만, 듣고 말하고 생각하는 총기는 놀랍다. 세상에 관한 관심도 여전하여 신문 잡지를 읽고 중요한 기사들을 챙긴다. 그런데, 갑자기 왜 그런 말씀을.

선생님을 처음 만난 것은 그러니까 대학 졸업반이었나. 그래, 지금 돌이켜보아도, 미국에서 막 돌아오신 선생님의 스타일은 파격적이었다. 쪽머리를 뒤로 올리고 긴 치마저고리에 하이힐을 신은 모습. 그에 못지않게 맹렬하던 강의들.

우리들은 그 강의들을 통해 눈을 더 크게 뜨게 되고 귀가 열리지 않았던가. 소설을 읽으며 인물들을 역사적·사회적 맥락에서 살펴보게 되었고. 당시에는 낯설었던 젠더와 계층과 인종에 대해 주목하게 되지 않았던가.

무엇보다 우리들은 그때 선생님을 통해 위안부 문제에 대해 처음으로 듣게 된다. "나는 매일 서울역에 나갔어. 해방이 됐는데 학도병들과 징병당한 청년들은 쏟아져 나오는데, 젊은 여자들은 보이지 않는 거야. 일본에 끌려간 그 많은 여자아이들은 어떻게 된 거야?"

이렇게 선생님은 위안부 문제에 온 생애를 걸게 되고, 그들의 잊히고 파괴된 삶은 세상 속으로 들어오게 된다. 반세기도 넘게 돌아오지 못하고 숨어 있는 여성들을 찾아 그들의 굳게 닫힌 마음을 열고 목소리를 찾아내고 그들의 말을 듣는다.

선생님은 고령에도 불구하고 멀고 가까운 곳을 다니면서 젊은 세대들에게 역사에 대한 진실을 알리고자 한다. 학문과 실천이 별개의 것이 아니라는 것을 증언한다.

다시 전화 속의 선생님의 말소리. "너무 오래 있었어. 어서 가야 해."

나는 서둘러 전철역으로 향한다. 가양동, 선생님이 몇 년 전부터 머무는 곳이다. 연말을 앞둔 거리, 삭풍이 불고 마른 잎들이 거친 소리를 내며 굴러간다.

마트 앞 꽃 파는 할머니에게서 선생님이 좋아하시는 백합 다발을 골라 헝겊가방에 챙긴다.

한파 속 오전 열한 시경. 전철 안에는 드문드문 승객들. 입구 쪽으로 서너 살배기 여자아이를 안고 있는 엄마. "아유, 이 겨울에 생화 보기 어려운데."

전철에서 내려 땅 위로 올라온다. 저기 선생님이 계시는 건물 창문이 보인다. 걸음을 빨리한다.

시간열차

　며칠째 스모그가 도시를 덮고 있다. 건물들도 저 멀리 산들의 윤곽도 잘 보이지 않는다. 병원 입구에 서서 어린이집 버스를 기다리고 있다.

　천천히 돌아가는 회전문. 쉬지 않고 드나드는 사람들. 휠체어를 탄 노인, 한쪽 발과 다리를 붕대로 감은 남자, 한쪽 팔에는 아기를 안고 한 손으로는 남편을 부축한 아내, 링거를 팔에 꽂고 유쾌한 표정으로 나오는 젊은이. 아픈 사람들도 많구나. 고개를 들어 위를 보니 옛날에도 지금도 높이 솟아 있는 시계탑.

　노란 버스가 천천히 오고 있다. 라라라라 라라라라라. 〈엘리제를 위하여〉 멜로디가 울리더니 버스는 멈춘다. 기사님이 먼저 내려 버스 문 옆에 선다. 젊은 여교사가 입구에서 아이들을 챙긴다. 기다리는 부모들은 목을 길게 빼고 두리번거린다. 고모 할마도 기다린다.

　이렇게 성급한 기대에 차서 누구를 기다린 것이, 언제였지? 얼굴이 뽀얀 사내아이가 할마를 알아보고 싱긋 웃더니 하나둘 버스 계단을 내려온다. 할마는 아기 손을 꼭 잡고 마주 보고 웃는다. 새알 같은 따끈한 손.

아이 예뻐, 안녕. 앞에서 뒤에서 인형만 한 아이들을 품에 안으며 어른들이 애교를 떤다. 그래, 매일 늦은 오후 병원 회전문 앞은 움직이는 꽃밭이 된다.

아이와 할마는 손잡고 편의점으로 간다. 초콜릿과 새알사탕을 집는다. 신이 나서 전철역으로 걷는다. 바람이 분다. 아이는 얼굴을 번쩍 들며 아, 바람 먹고 싶어, 외친다. 전철을 탄다. 오후 다섯 시경. 퇴근하는 사람들도 아니고 노인들도 아니다. 젊은이들과 중년들이다. 스마트폰을 보기도 하지만 대개는 눈을 감고 있다. 할마도 아이 손을 잡은 채 모자를 눌러쓰고 눈을 감는다. 전철이 굴러가는 소리를 따라간다.

옆자리에 앉아 있던 아이. 잠시 후 뽀시락 뽀시락 초콜릿을 까서 먹기 시작한다. 새알사탕도 한 개 두 개 연거푸 입에 넣는다. 뽀시락 뽀시락. 할마, 눈을 뜨더니 말한다. 너, 그거 자꾸 먹으면, 호물호물 할머니 된다!

아이 눈에 살짝 걱정이 지나간다. 쪼끔 먹었으니까 괜찮아.

아이는 할마가 되고 싶지는 않구나. 아이는 모르지만 할마는 알고 있다. 할마와 아이가 지금 타고 있는 시간열차는 되돌릴 수가 없다. 한참 달리면, 아이는 할마의 자리에 도달하겠지만 할마는 아이 있는 곳으로 돌아갈 수 없다.

　　아이는 심심해진다. 작게 오물오물 노래하기 시작한다. 타타타타.
하늘을 나는 눈부신 너의 모습. 타타타타 날아라. 너.

　　그래, 아이는 알 리 없다. 할마와 함께 시간열차를 타고 가는 길,
맑은 소리로 노래 부르는 지금이 눈부신 순간이라는 것을.

　　할마는 이 아찔한 막간을 꽉 붙든다.

'아니오'의 힘

어린 소년의 얼굴. 천천히 고개를 흔든다.

네 살짜리 남자 아이들이 열 명 앉아 있다. 선생님은 그들에게 가
족사진을 한 장씩 나누어준다. 아이들이 받아든 사진 속에는 아빠 엄
마와 두어 명의 형제 자매들의 얼굴들. 아이들은 한동안 사진을 들여
다본다.

사진을 찢으세요. 얼마 뒤 선생님이 말한다.

아이들, 무슨 소리인지 몰라서 두리번거린다.

선생님은 무표정하게 또박또박 이번에는 명령한다. 사진을 찢으
세요.

놀란 듯한 침묵. 아이들은 망설이고. 선생님은 반복한다. 찢어요,
찢어.

얼마 뒤 아이들이 한 명씩 움직인다. 어떤 아이는 사진 속 얼굴이

다치지 않도록 살살 가장자리부터 찢는다. 마지막에 가서야 가운데를 찢는다. 어떤 아이는 처음부터 그냥 죽 찢는다. 어떤 아이는 망설인다. 플라스틱이라 못 찢어요. 플라스틱 아냐. 찢어.

그렇게 아이들은 엄마 아빠 형 누나들의 얼굴을 하나씩 찢는다.

아이들의 얼굴, 글쎄, 무표정일까?

그만. 얼마 후 선생님은 말한다.

아이들은 멈춘다. 열 명 중 두 명의 아이가 사진을 찢지 않았다. 한 아이가 말한다. 어렸을 때의 얼굴이 없어지면 안 될 것 같아서요.

또 한 아이는 가만히 웃는다. 그냥 고개를 천천히 흔든다.

찢어. 선생님이 그에게 재촉한다.

나는 그 아이의 표정을 숨죽이고 바라본다. 아이는 말한다. 그래서는 안 될 것 같아요.

이어지는 침묵.

그 부드러운 아니오의 힘은 무엇인가. 어디서 오는가.

함께 가요

자폐증 아들을 키우는 부모들.

자폐증을 앓고 있는 초등학생 아들. 그가 그린 그림들을 부모가 들여다본다. 그림 그리는 아들과 엄마의 얼굴 그리고 아빠의 얼굴이 차례로 나타난다. 표정들이 평온하다.

엄마가 말한다. "아들은 그림을 그리기 시작하면서 점점 좋아지고 있어요. 일상의 작은 일들을 해내는 법도 배우고. 바지도 혼자 입을 수 있고. 소리 내지 않고 커피 마시는 연습도 해요. 무엇보다 사람들과 만나는 일이 수월해지고, 아빠와 함께 마라톤도 참가합니다."

조금씩 좋아지는 아들을 보면서 부모들이 바라는 것은 단순하다. 가장 기본적인 삶의 조건이다.

"언젠가는 아들이, 더 이상 자기만의 세계에 갇혀 있지 않게 되고, 보다 넓은 세상과 만나기를 바라요. 그것을 위해 아들도 부모도 주위 사람들도 함께 노력하는 거지요."

이어지는 다음 말.

"무엇보다 그 과정을 통해서 아들뿐만 아니라 부모도 더 좋은 사람들이 되어가기를 바라요."

이렇게 말할 때 부부는 처음으로 목이 멘다. 그리고 웃는다.

심하게 자폐증을 앓고 있는 열세 살 소년과 엄마. 두 사람은 소년을 지난 사 년 동안 상담해온 선생님을 만나러 왔다.

그날 초등학교를 졸업한 소년은 선생님에게 한아름 작은 꽃다발을 가져왔다. 튤립과 콩꽃들, 노랑 빨강 작은 장미들. 소년은 멋진 새 양복을 입고 넥타이도 매고 있지만 입으로는 계속 꽃들을 씹었다. 소년과 엄마는 선생님과 함께 잔디밭으로 나가서 그의 졸업을 축하하는 사진을 찍었다. 아들이, 엄마와 선생님에게 감사하는 사진도 찍었다.

부모는 아들과 일상을 함께 하면서 자신들도 보다 나은 사람이 되어가기를 바란다. 그래, 아들은 받기만 하는 존재가 아니다. 일방적인 관계란 없다.

뉘 집 자손들

남쪽 어느 작은 마을.

농촌에서 아기들이 점점 귀해진다. 이 마을에도 육칠십이 넘은 노인들만 살고 있다. 아이들 노는 소리 끊어진 동네. 노인들에게는 적막강산이다.

"동네에 젊은 사람들이 없으니, 아이들도 없고, 말할 사람도 없어. 여기 집 안에 누워 있으나 저기 들판에 나가 있으나 적막강산이 따로 없어."

아, 안이고 밖이고, 말할 사람 없는 곳, 거기가, 적막강산이구나.

이웃마을의 어린이집 선생님들과 초등학교 선생님들이 의견을 모았다. 이 동네 아이들과 저 동네 노인들을 서로 연결하자. 그러니까 자매결연 비슷한 거지.

그래서 이웃동네 아이들과 이 동네 노인들이 다 함께 이 마을 노인정 큰방에 모였다. 잘 보자. 아이들이 노인들과 같은 장소에 함께 모여 앉은 모습들은 어색하다. 처음에는 아이들도 노인들도 서로 떨어져 앉아서 눈을 피한다. 핵가족에서 태어나고 자라는 아이들에게 노인들과 같은 방에 앉아 있는 것이 영 불편한 듯하다.

시간이 조금씩 지나면서, 노인들 얼굴에 생기가 돌기 시작한다.

멀리 떨어져 사는 손주들 생각도 난다. 노인들이 편안해지자 아이들도 긴장이 풀린다. 저희들끼리 살살 놀던 아이들은 할아버지 할머니들이 묻는 말에 대답도 하고 웃기도 하고 장난도 친다. 천천히 서로에게 익숙해진다.

다음 순서로 넘어간다. 아이들과 노인들이 한 명씩 서로 짝을 짓는 거다. 그래서 장소를 옮겨 노인들만 큰방으로 들어간다. 그 방에는 아이들은 없고 아이들 사진들이 빙 둘러가며 놓여 있다.

할아버지와 할머니들은 찬찬히 아이들 사진들을 본다. 앨범 속 자손들을 들여다보는 것처럼. 노인들은 사진을 보고 각자 마음에 드는 아이를 한 명씩 선택해야 한다. 어른들이 블라인드 데이트하는 것처럼 말이다.

이 장면을 보면서 슬그머니 걱정이 된다. 노인들과 선택받은 아이들의 숫자가 다를 수 있다. 노인 여럿이 한 아이를 원할 수도 있다. 선택받지 못한 아이들은 어쩌나. 아이들은 백화점에 진열된 물건들이 아니다.

좀 더 본다. 다시. 아이들의 사진이 하나씩 나타난다. 그 사진들을 잘 들여다보는 할머니 할아버지들의 표정도 자세하게 보인다. 그런데 어느 순간부터 아이들의 사진들을 들여다보던 노인들은 말이 없어진다. 뭔가 언짢은 기색이 느껴진다.

할아버지 한 분이 천천히 말씀하신다. "이건 아니지. 이 아이들 모두 뉘 집 귀한 자손들인데,"

젊은 교사들이 적막하게 지내시는 어르신들을 위해 계획한 일인데, 그런데 젊은이들은 노인들의 깊은 뜻을 헤아리지 못한 거다.

모두가 뉘 집의 귀한 자손들이다.

실버층

아저씨, 우리 현관문 열쇠 덮개가 열린 채로 있어요.

"아이들 장난이겠지요. 거기 실버층이라서 우리가 신경 써요."

처음 듣는 얘기다. 내가 사는 층이 실버층이라고? 각별하게 챙긴다고?

생각해보니 우리 층을 실버층이라고 하는 이유를 알겠다.

우리 층에는 전부 다섯 세대가 있다. 1호는 칠십 대 후반의 부부. 2호는 은퇴한 나. 3호는 새로 이사 온 사람들. 5호는 중년 부부 등등이다. 그래서 우리 복도는 늘 조용하다. 사람 왕래도 많지 않고 이따금 택배나 슈퍼 배달원이 오간다.

명절이면 1호 집 어린 손자들이 소리치며 복도를 달려오는 소리가 들린다. 2호 집의 어린아이가 고모할머니를 부르면서 들어오기도 한다. 그리고 옆집 3호 집 사람들. 어린이 자전거가 문 옆에 서 있어서 반가웠다.

어느 날 보니 구순이 한참 넘은 듯한, 연로한 할머니가 지팡이를 짚고 엉거주춤 복도에 서 있었다. 부수수하고 표정도 무심한 것이 아니라 그냥 무표정했다. 힘들게 한 발씩 옮기는데 뭐랄까, 금방 넘어질 듯 보이기도 하고 무엇보다 어둑한 기운이 느껴졌다.

이따금 그가 엘리베이터 앞에 구부정하게 서 있으면 나는 얼른 뒤로 물러섰다가 계단으로 걸어 내려왔다. 같은 엘리베이터 안에 타는 것을 피했다.

그는 늘 검정 바지에, 밝은색 긴 카디건이나 누비 코트를 입고 털신을 신고 지팡이에 의지했다. 어린이 공원을 한 바퀴 도는 것 같았다. 천지에 봄이 한창이고 아름드리 벚꽃나무에 꽃들이 만발했다. 노인은 지팡이를 짚고 천천히 꽃나무 사이로 움직였다.

어느 날 오후, 갑자기 비가 오고 바람도 불고 으스스했다. 서너 시경 현관문을 열다가 멈칫했다. 두꺼운 스웨터를 입은 노인이 지팡이에 기대어 복도를 걷는 중이었다. 그런데 전혀 그가 움직이고 있다는 느낌이 들지 않았다. 그냥 힘들게 서 있는 듯했다.

움직임과 정지, 동작과 멈춤의 구별이 희미해지는 것. 희로애락, 좋은 것과 싫은 것, 기쁜 것과 슬픈 것의 경계선이 흐려지고 서로 녹아드는 지점. 실버층이다. 복도에 꽃잎들이 깔려 있다.

탯줄

추석에 못 간 성묘를 뒤늦게 다녀왔다. 앙상한 나무들과 마른 풀들이 바삭거리는 잔뜩 흐린 초겨울 오후. 인적 없는 묘지 주변. 노란색 화분을 놓고 소주를 뿌린 뒤 절도 두어 번 올린다.

한기가 몰려오자 걸어서 내려온다. 좌우 산자락으로 둥근 봉분들이 끝없이 이어진다. 저물어가는 정적 속에서 시든 잔디로 덮인 갈색의 봉분들은 무심해 보인다. 봉분의 주인들이 거쳐 갔을 희로애락들이 덧없게만 보인다.

느릿느릿 걷다가 멈춰 서서 보다가 다시 걸어서 내려왔다.

버스를 타고 한참을 달려와서 늘 하던 대로 재래시장에서 내려 시장 안으로 들어갔다. 흐리고 추운 날씨 탓인지 넓은 시장 안은 유난히 와글거렸다 중년의 등산객들, 장 보러 나온 아낙들, 후끈한 사람 기운을 쏘이러 오고 가며 들른 사람들. 소주잔을 비우며 쏟아내는 말들과 웃음들, 지글거리는 전 부치는 소리와 냄새, 잔치국수 멸치국수

순대 족발. 저기 산 위의 적막과는 너무도 다른 세상이다. 저승과 이승, 전혀 딴 세상이다.

단골 집 좁은 나무 걸상에 앉아 멸치국수를 훌훌 먹는다. 목젖으로 넘어가는 뜨거운 국물에 움츠렸던 세포들이 와아 되살아난다. 한참 동안 눈을 감고 긴 숨을 내쉰다.

국숫집 주인 여자와 내 옆에 있는 젊은 여자가 주고받는 말이 들리기 시작한다.

"김밥 이 인분 포장해줘요."

"그래, 배가 많이 불렀구나. 언제야?"

"얼마 안 남았어요."

무심코 듣고 있던 나는 눈을 뜨고 고개를 옆으로 돌린다. 서 있는 여자의 둥근 배의 윤곽이 눈에 들어온다. 다시 고개를 바로한다. 그러다가 움찔한다. 갑자기 주삿바늘이 쿡 찌르는 듯하다. 내 눈앞으로 옆에 서 있는 젊은 임산부의 둥근 배와 굽이굽이 겨울 산을 채우고 있던 봉분들이 서로 연결되고 이어지고 다시 연결되는 듯하다.

나는 한참 동안 숨죽이고 앉아 있다.

생과 사의 흐름이 보이지 않는 탯줄로 이어진 채, 끝없이 회전한다.

탯줄

찹쌀 탕수육

메일을 보낸다.

여러분, 아시지요? 오시는 길. 전철 내려서 4번 출구, 5분 걸어서 건널목, 신호등 건너요. 간판 거의 보이지 않아요. 좌석 서너 개의 작은 집. 맛집 소개. 찹쌀 탕수육 추천.

답메일.

에 또, 메뉴 아주 마음에 듭니다. 내가 난생처음 짜장면과 탕수육을 먹었던 것이 피난 시절 초등학교 입학한 후입니다. 어쩌다가 할머니 생일이면 식구들이 중국집에 가서 먹었지요. 지금까지 탕수육과 짜장면을 참 오래도 먹었네요. 찹쌀 탕수육. 기대가 큽니다.

이렇게 일행은 모였고 찹쌀탕수육을 먹으며 피난 시절의 기억들을 두서없이 꺼냈다.

"우리 집은 아직도 크고 작은 금반지를 손수건에 싸서 장롱 아래 보관하고 있어요. 갑자기 전쟁이 터지면 그것부터 챙길 거예요."

"전쟁이 나고 은행 앞에 길게 줄을 섰는데, 한 사람이 찾을 수 있는 돈의 액수는 정해져 있었대요. 우리 집은 지금도 현금을 잔돈으로 보관해요. 편리하기 때문이래요."

"피난 짐을 싸서 친척들이 있는 산동네로 옮겨놓고 방공호로 숨었대요. 우리 집이 있는 곳은 폭격당하기가 쉬운 곳이라서. 나중에 방공호에서 나와보니 우리 짐을 옮겨놓은 그 산동네가 불타고 있더래요."

우리가 공유한 이런 기억들은, 어른들이 실제로 겪은 것만큼 절박할 리가 없다. 영화에서 본 것과 혼동되기도 하고 달고나를 섞은 것처럼 미화되기도 한다. 칠십여 년 동안의 휴전, 우여곡절 속에서도 우리는 잘 먹고 잘 살게 되었고 초근목피, 보릿고개라는 단어들은 교과서에도 잘 나타나지 않는다.

점점 심해지는 우크라이나 전쟁 앞에서도 비슷한 경험을 한다. 난민들이 국경을 넘고 자원봉사자들이 모여든다. 고성능 폭탄이 도시 한가운데에, 주택가에, 주민들이 피신한 극장 건물에 떨어지고 죽고 부상당하고 매몰된다.

텔레비전은 이 참상들을 보여준 뒤 곧이어 현란한 자동차 광고를 쏟아내어 조금 전의 참사는 광고의 일부인 듯, 게임인 듯 착각하게 만든다. 우방들은 전쟁을 끝내기 위한 바쁜 움직임 속에서도 무기 지원이나 종전 후의 재건 사업 참여 등, 계산기를 두드려야 한다.

찹쌀 탕수육

그래, 전쟁이 터지면 죽고 부상당하고 고아가 되는 것은 국민들이다. 보통 사람들이다. 고무젖꼭지를 물고 벙긋거리는 아기들. 고아원 여성 원장은 말한다.

"부상이 너무 심한 아기들을 옮길 수가 없어요. 건강한 아기들만 데리고 갈까요? 이 아이들을 버리고? 아니지요."

다시 6·25전쟁. 피란에서 돌아오니 우리가 살았던 적산가옥, 울타리도 부엌 벽도 다 날아갔지만 그래도 건재했다. 방마다 간이 부엌을 달고 세를 들였다. 방 하나가 집 한 채처럼 귀하던 시절이다.

적산가옥에는 제법 넓은 텃밭이 있었고 가을이면 배추를 심어 김장을 했다. 배추를 뽑기 시작할 때 그랬나? 흙 속에서 달팽이들과 땅강아지들이 엄청 나왔다.

초겨울 어느 날, 근심에 찬 초로의 부부가 나타났다. 남대문시장인지에서 미제 물건 장사를 했는데 몽땅 불이 나서 길에 나앉게 되었다. 고등학교 졸업반 맏딸과 아직 어린 동생 두어 명이 있었다. 그 가족들은 텃밭에 천막을 치고 살았다. 어느 날 깡통에 든 코코아를 가져온 것도 생각나고, 큰딸이 학교를 그만두고 일을 구한다던가, 굴뚝의 흐미한 연기 같은 소문을 들은 것 같기도 하다.

또 다른 장면도 떠오른다. 현관 쪽, 작은 마루와 부엌이 딸린 제법 큰 방에 한 가족이 세를 들었다. 시어머니와 아들 부부와 어린 손자 두 명. 쪽을 찐 시어머니는 허리가 꼿꼿하고 기가 만만치 않아 보였다. 남편은 지방 신문사 기자라고 했고 부인은 연상이었는데 그가 입주 가정교사를 하던 집의 딸이었다고 한다. 아, 겨울 바람 같은 청년이 부드러운 그녀를 사로잡았나 보다.

가을이면 텃밭 둘레는 국화꽃으로 뒤덮였다. 시어머니의 취미인 듯 또는 원예에 특별한 재주를 가진 듯했다. 노랗고 흰, 자주색, 보라색 국화들, 크고 작은 화분에서 자라는 봉오리들, 밤사이에 하늘에서 떨어진 듯 만개한 구름꽃들이 허름한 적산가옥 주위를 둘러쌌다. 꽃들 사이로 움직이는 시어머니의 경직된 표정도 부드러워지는 듯했다.

이날 우리의 전쟁 이야기는 과거의 추억담과 현재가 뒤섞였고 그래서 중간중간 헷갈려서 말을 멈추기도 했다.

이제 우크라이나 전쟁은 장기전으로 들어가는 듯하다. 무력감과 무관심이 퍼지려고 한다.

이날 찹쌀 탕수육은 맛있었느냐고? 물론이다. 우리는 전쟁의 참상을 핑계 대며 간만에 많이 먹고 마셨다.

집으로

언제지요?

"김창호 대장, 히말라야에 잠들다. 대한민국의 세계적인 산악인. 히말라야 무산소 14좌 완등. 황금 피켈상 등 수상. 한국인 대원 5명과 세르파 4명과 함께."

한국 산악계에서 문무를 겸비한 산악인으로 알려진 그는 방송 출연이나 등반서적 출판 등을 멀리해왔다. 산을 가고 있는 사람이 뒤돌아보면 안 된다고 하면서. 그런 그가 드물게 했던 어떤 인터뷰에서 했던 말을 기억하고 싶다.

"누구의 도움을 받을 생각을 하면 등산을 시작하지 말아야 합니다."

"같은 자리에 머물지 않아요. 십 미터를 가더라도 반드시 일어나서 출발해요."

"집 문을 열고 나가서 집 문을 닫고 들어와야 그 등반은 끝나요."

내 사랑 프라이드

우연한 만남

지금은 고인이 되신 영문학자이자 성균관대학교 명예교수. 선생님은 영시를 강의, 연구하면서 번역의 중요성에 대해 천착했고 무엇보다 나를 미국 유학의 길로 안내했다.

그는 잘된 번역은 문화를 정화시키고 풍요하게 만든다는 신념을 가지고 있었고 원작이 쓰여진 나라의 역사와 시대에 대한 이해를 강조했다. 이런 믿음은 그의 대표적인 저서들, 『영한사전 비판』, 『문화의 오역』, 『서양문화 교양사전』 등에 압축되어 있다. 그는 영한사전과 외국문학 작품들의 오역을 밝혀내고 그리스 로마 신화, 성경 등 서양문화를 이해하는 데 필요한 용어를 소개한다. 초서에서 T.S. 엘리엇까지, 한국 독자들이 좋아하는 시들을 번역한 시집, 『장미와 나이팅게일』은 오랫동안 사랑받는 베스트셀러이기도 했다.

그는 자그마한 체구에 단정하게 안경을 끼고 오래된 가죽가방을 들고 다녔다. 가방 속에는 현재 가르치거나 번역하고 있는 영시집들,

새로 산 책들이 들어 있었다.

영국 유학에서 돌아와 우리 학교에 출강할 때였다. 우리들은 수업이 끝나면 지금은 도넛가게로 변한 교문 앞, 오래된 빠리다방으로 갔다. 아. 그 유서 깊은 빠리다방. 삐걱거리는 층계를 오르던 기억들. 그는 우리가 처음 듣는 시인들의 작품과 그들에 대한 일화들을 찬찬히 설명하고, 우리는 때로는 경청을 하고 때로는 딴청을 하기도 했다.

1960년대 후반, 나는 대학 졸업 후 곧바로 대학원에 진학했는데, 국내 대학원이 막 활성화되기 시작하던 그때 우리 과의 학생은 단 두 명이었다. 나는 너무 따분해서 한 학기 만에 휴학을 하고 무슨 개발 공사에 취직했다. 외국인 고문의 영문 편지를 서투른 속기로 받아쓰고 타이프를 두드리면서 안절부절못하는 날들이 계속되었다.

그 겨울 오후가 뚜렷하게 떠오른다. 그는 언제나처럼 오래된 가죽 가방을 한 손에 들고 순화동에 있던 풀브라이트 사무실로 나를 데리고 갔다. 나는 그때 처음으로 풀브라이트 장학생, 이스트웨스트 장학금에 대해 알게 되었다. 새로운 시작이었다.

그는 제자들과 후배 교수들을 챙기고, 강사 자리를 알아보고 출판사를 추천하기도 했다. 내가 맨 처음 번역한 책『미국소설론』이 탐구당에서 나온 것도 그의 소개를 통해서였다.

늘 그렇듯이 우연한 작은 만남들이 모여 결정적인 계기가 된다. 선생님은 그 만남들을 내 삶의 전환점으로 인도했다.

인연

글과 사람이 만나는 것도 인연이라는 말에 나는 동감한다.

그의 글을 처음 읽게 된 것은 1988년 여름, 『평화신문』을 통해서이다. 그러니까 선생님도, 『감옥으로부터의 사색』도 아직 세상 속으로 나오기 전이다.

그날 나는 친구 집에서 늦은 저녁을 먹었다. 안식년으로 출국을 며칠 앞두고서였다. 새로 개발되고 있는 친구네 집 주변으로는 가든이라는 대형 갈비집들이 우후죽순처럼 들어서고 있었는데, 친구는 진동하는 갈비 굽는 냄새 때문에 이사라도 가야 할 판이라고 했다. 시도 때도 없이 풍겨오는 찐득거리기까지 하는 고기 굽는 냄새에 시달리다 보니, 80년대 독재 타도만을 외치며 살아온 결핍이, 대선이 몰고 온 허탈감이 탐식이라는 괴질로 터지고 있다는 말도 했다. 그런 말들이 전혀 과장으로 들리지 않았다. 나 또한 그 당시 대학사회에 몰아친 소용돌이에 지쳐 있었고 이런저런 개인적인 이유로 진저리를 치며 도망간다는, 그런 상태에 있었다. 그때의 나를 지금 돌이켜보면 그저 유구무언일 뿐이지만 말이다.

집에 오는 길, 내가 탄 택시는 깊은 밤, 후텁지근한 장맛비 그친 뒤의 강남 거리를 무법자처럼 질주했다. 어느 지점부터 머리가 지끈거리기 시작했다. 택시 창문을 닫고 있어도 천지에 자욱한 고기 타는 냄새는 더 심해지는 듯했고 시궁창 냄새처럼 느껴지기도 했다. 하여간에 저녁 잘 먹고 와서도 나는 기진맥진했다. 그런 상태에서 텁텁하고 좁은 아파트 식탁에 앉아 『평화신문』에 실린 글을 읽었다.

이제는 너무도 잘 알려진 그 편지.

"……여름 징역은 자기의 바로 옆 사람을 증오하게 한다는 사실 때문입니다. 모로 누워 칼잠을 자야 하는 좁은 잠자리는 옆 사람을 단지 37도의 열덩어리로만 느끼게 합니다. 이것은 옆 사람의 체온으로 추위를 이겨 나가는 겨울철의 원시적 우정과는 극명한 대조를 이루는 형벌 중의 형벌입니다. 더욱이 그 미움의 원인이 자신의 고의적인 소행에서 연유된 것이 아니고 자신의 존재 그 자체 때문이라는 사실은 그 불행을 매우 절망적인 것으로 만듭니다. 그러나 무엇보다도 우리 자신을 불행하게 하는 것은 우리가 미워하는 대상이 이성적으로 옳게 파악되지 못하고 말초 감각에 의하여 그릇되게 파악되고 있다는 것, 그리고 그것을 알면서도 증오의 감정과 대상을 바로잡지 못하고 있다는 자기혐오에 있습니다."

자정이 훨씬 지난 시간, 나는 한참 동안 그냥 앉아 있었다. 내 속에서 아우성치던 소리들이 뚝 그쳤다. 물어뜯고 따끔거리던 것들이 하늘로 증발했는지 땅속으로 꺼졌는지 온데간데없어졌다.

지금도 불가사의다. 깊은 정적, 그 돌연한 평온함이 어디서 어떻게 왔는지 이해할 수 없다. 이십여 년이 지난 지금도 그때의 그 고요와 서늘함을 만질 수 있는 듯하다. 그럴 때마다 글의 힘에 대해서 생각하게 된다.

액자 하나가 있다. 〈빈손〉, 선생님의 글씨이다.

우리 집에 온 지 십여 년도 훨씬 넘지만, 그러나 이 액자를 나는 한동안 걸어두다가 떼다가를 반복했다. 전시회에서 첫눈에 반해 그야말로 모셔왔는데도 그랬다. 그러니까 '빈손'이라는 것이, 그 두 글자에 담긴 내용이 때에 따라 복잡하고 다른 느낌을 주었다.

그 아래 작게 '일손, 거둘 손'이라는 설명이 있지만 충분하지 않았다. 날씨도 춥고 몸과 마음이 썰렁할 때, '빈손'은 나를 불편하게 했다. 엉성한 손가락 사이로 내 인생이 모래처럼 스륵스륵 새 나가는 듯했다. 날씨도 좋고 의기양양해지면, 내 시야가 멀리까지 훤하게 트이는 듯해지면, '빈손'은 내가 지향하는 삶의 구심점인 듯했다.

어려운 것은 그 지향점이 홀로 독야청청하는 상태가 아니라는 데 있었다.

늦가을 오후 기차를 타고 서울로 오고 있었다. 창밖으로 방금 추수 끝난 논들이 계속 지나갔다. 물결 치는 누런 곡식의 잔영과 추수

의 훈기가 여전히 느껴지는 빈 들에는 무심한 평화가 있었다. 봄여름
씨 뿌리고 가꾸어 가을에 수확을 거둔 이들의 손길. 일하여 거둔 것
을 함께 나누어 먹는 천지의 순리. 돌아오는 내내 나는 빈 들에 잠겨
있었다.

그 여름 장마철 깊은 밤, 내가 읽은 글과 추수 끝난 뒤의 넓은 빈
들에는 공통점이 있다는 생각이 든다. 마음을 가라앉혀주고 세상과
사람에 대해 여전히 안심하게 해주는 어떤 것.

글과 사람이 만나는 것도 때가 맞아야 한다는 말에도 동의한다.
토양에 따라 씨앗의 행로가 달라지듯이. 나의 의식과 감정이 더 이상
칼날 같지 않던, 가령 90년대 중반의 어느 때에 그의 글을 읽었다면
어땠을까. 나는 같은 경험을 했을까.

코로나 전후

코로나가 기승을 부린다. 수그러들 기척도 없다. 예방주사를 한 번 두 번 세 번까지 맞았는데. 노약자는 외출 금지령이라도 당한 듯 위축된다.

우한 중앙병원 의사, 리원량의 사망 일주기를 추모한다. 최초로 우한에서 신종 코로나를 경고한 그는 대외 발언을 금지당한 채 환자들을 돌보다 감염되어 사망했다. 서른네 살이었고, 아내는 둘째를 임신 중이었으며, 주택 월부금을 붓고 있었다. 사후에 중국 언론은 가장 밝은 별이 졌다며 '영웅 닥터 리원량'을 기렸다.

"건강한 사회에서는 하나의 목소리만 존재해서는 안 된다", 그가 남긴 말이다.

칠레 작가, 루이스 세풀베다. 피노체트 독재정권에 맞서 투쟁했고, 망명 중에도 자본주의 탐욕을 고발했다. 코로나19는 인간이 파괴한 자연이 만들어낸 괴물이라고 경고한 그는 베스트셀러『연애소설 읽는 노인』에서 양키 관광객들이 마구잡이로 야생동물들을 살육하는 모습을 고발한다. 그러면서 인간은 살아 있는 다른 존재 또한 사랑하는 법을 배워야 한다고 강조한다. 그도 코로나에 감염, 숨졌다.

코로나에 익숙해진다. 마스크도 잘 챙긴다. 밖에서 아는 사람을 만나도 못 알아봤겠지, 하면서 그냥 지나가기도 한다. 최소한의 예의도 무시된다. 어쩌다가 있는 약속도 연기하거나 취소한다. 행동도 생각도 오그라든다. 뱅뱅뱅 쳇바퀴 돈다. 그러면서도 구두 신고 전철 타고 환승하고. 이런 절차에서 벗어나는 일상을, 비대면을 선호하게 된다.

길에 나가면 검은 패딩을 입고 마스크 쓴 모습들만 보인다. 빼꼼한 두 눈으로 내다보는 사람들이 다 비슷하고 무섭기도 하다. 엉뚱하게 '용감한 신세계'가 생각나기도 한다. 시험관에서 태어난 수십 명의 아기들. 개인적인 특성이 금기시되는 획일성, 철저한 통제. 빅 브라더의 눈.

악몽을 꾸기도 한다. 깊은 밤 현관문이 삐죽 열리고 시커먼 마스크 쓴 모습이 어른거린다. 으으윽! 악을 쓰다가 눈을 뜬다. 냉수 한 잔을 급히 마신다.

코로나로 돌아가신 연로하신 분들의 소식이 들려오기도 한다. 아파트 단지에서 인사를 나누던 늘 단정한 모습이 인상적이던 그 선생님도, 어디에서 마주치든, 유쾌하게 큰 소리로 웃던 그 선생님도 돌아가셨다.

또 코로나와는 상관없이 연세 높으신 분들도 서너 분 가셨다. 오랜 시간, 같은 일터에서 같은 경험들을 공유했던 분들이다. 마치 둥글고 큰 빈대떡 한 판이 여기저기 덤썩덤썩 떨어져 나간 듯했다. 그래, 나의 일부도 그렇게 사라지는 것이다.

한동안 적막했다.

이런 글도 읽는다.

어느 바이올리니스트. 코로나가 고공행진을 하면서 연주회가 취소되거나 연기되고 수입이 끊어진다. 무대가 그리워진다. 그는 묻기 시작한다. 연주를 못 하게 되어도 여전히 음악을 사랑하는가. 이 물음은 예술과 삶에 대한 본질적인 성찰로 이어진다. 작가가 책을 낼 수 없다면, 배우가 무대에 설 수 없다면, 교사가 가르칠 수 없다면…. 그러면서 알게 된다. 그가 이제 간절하게 원하는 것은 독주회가 아니다. 실내악이다. 옆 사람과 눈을 맞추며 좋아하는 음악을 연주하고 싶다.

달력은 계속 넘어가고 하여간에 삶은 계속된다. 매일 오후 서너 시가 되면 노란 유치원 버스에서 삐약삐약 아이들이 내린다.

코로나가 끝나고 3년 동안 미루어왔던 점심 모임을 가졌다. 반가운 마음에 어느 선생님은 참기름 자르르 흐르는 쑥떡을 준비해오기도 했다.

돌아오는 길, 인사동 사거리에서 저 멀리 북악산을 바라본다. 아직은 이렇게 밖에 나와서 서로 얼굴을 마주하는 것이 더 좋다는 생각을 한다.

다람쥐

아시지요? 산골짜기 다람쥐 아기 다람쥐 도토리 점심 가지고 소풍을 간다. 이런 노래?

다람쥐들은 가을 내내 열심히 도토리를 주워서 나무 구멍마다 쟁여둡니다. 삭풍 부는 한겨울에 먹을 양식이지요. 그런데, 다람쥐는 도토리 넣어둔 곳을 까맣게 잊어버려요. 어쩌지요. 추운 겨울 배고플 텐데. 그러나 다른 새들이 와서 다람쥐가 모아둔 도토리들을 먹어요. 새들의 똥을 통해 도토리 씨앗이 사방으로 퍼져요. 몇 년 뒤 무성한 전나무 숲이 생겨요. 그래요.

다람쥐가 예수를 닮았나 봐요!

흐르는 강물

6월이다. 6월항쟁, 6 · 25전쟁. 하루 하루가 뜨겁다.

오래전에 읽었던 신문 기사를 소개한다.

먼저 아버지에 관한 어느 아들의 회상. 아들은 미대륙 자전거 횡단 대회에서 무슨 큰 상을 탔다고 한다.

아버지는 전자제품상을 하면서 큰돈을 벌었다 또 사슴농장도 했다. 그런데 아버지는 직업란에 늘 농업이라고 썼다. 장사는 적게 일하고 많은 돈을 벌고 농업은 많이 일하고 적은 돈을 가져간다. 아버지는 막연하게 돈만 버는 삶이 아닌 삶에 대해 생각한 듯하다.

아버지는 80년대 당시로서는 큰 돈, 몇억을 들고 서울에 빌딩을 사러 왔다. 명문대 법대생이던 큰아들이 아버지에게 말했다. 저는 사회정의를 위해 법을 공부하는데, 돈을 벌려면 머리 좋은 제가 부동산 공부를 하지 왜 법을 공부하겠습니까. 아버지는 큰 충격을 받고 돈을 싸 들고 고향으로 내려와 장학회를 만들었다.

희귀병에 걸린 둘째 아들은 무기력하게 살다가 자전거에 입문한다. 새로운 삶의 전환기를 맞이한 그는 핸드폰 판매 대리점을 열고, 결혼도 하고, 그가 살던 고장에서 사십 년 된 책방이 문을 닫자 그 책방을 인수한다. 지역에서 유일한 그 책방에서 음악회와 낭독회를 연다. 가맹점에서 나오는 수입으로 절약해서 살려고 한다. 그는 행복한 삶보다는 사람다운 삶에 대해 생각한다.

왜 이리 자꾸 웃음이 날까. 나는 밖으로 나와 강가를 걸으며 계속 생각한다. 강물은 유난히도 힘차게 흐른다.

그의 형이 대학생이던 80년대가 어떤 시대인가. 민주화운동, 꽃잎처럼 몸을 날린 무수한 젊은이들, 박종철 열사, 이한열 열사, 시청 앞을 가득 메우던 정오의 그 새하얀 넥타이 부대, 빛나는 얼굴들. 그들이 꿈꾼 세상은 어떤 세상이었나.

그 시대의 중심에 서 있던 형님. 그가 아버지에게 했던 말. 저는 사회정의를 위해 법을 공부합니다. 그 말에 충격을 받아 장학회를 만든 아버지. 그 형님이 그 이후 어찌 되었는지, 지금 무엇을 하는지는 핵심이 아니다. 그에 관해 더 이상 언급이 없다.

아버지에게서 형님으로 그리고 몸이 부실해서 뒤처졌던 동생으로 이어지는 정신. 그 정신의 핵이 무엇인가.

동생은 말한다. 생각도 행동처럼 습관입니다. 저는 망가지지 않도록 노력하고 있습니다.

이렇게 80년대는 이어지고 있다. 흐르는 강물이 되어 돌아오고
있다.

나팔꽃 편지

여러분, 안녕하세요. 정말 오랜만입니다.

학기말에 어수선하지요? 책을 안고 잔뜩 긴장한 얼굴로 바쁘게 걸어가는 모습들이, 그립고 부럽네요.

여러분이 나에게 건네는 '읽어야 산다'는 제목, 이 막강한 영상매체 시대에 신선합니다.

나팔꽃 이야기로 이 글을 시작할게요.

작년 가을 버스정류장 옆 울타리에 핀 나팔꽃에서 씨를 받아 보관했다가 올봄에 화분에 심었어요. 볕이 잘 드는 옛날식 아파트 복도에 내다놓고 아침마다 물을 주며 지켜보았어요. 기척도 없던 흙 위에 연두색 점들이 나타나더니 작은 잎들이 자라고, 줄기가 올라가고, 어느 날 최초의 꽃 한 송이가 피더니 여름 내내 가을 내내 쉬지 않고 피어났어요. 진한 보라색, 엷은 푸른색, 분홍색 꽃들. 시들거리다가도 피고야 마는 작은 하늘색 꽃. 이들은 내가 몇 년 동안에도 듣지 못할 찬사들을 매일 들었어요. 아이고, 예쁘다!

택배 아저씨, 청소 아주머니, 옆집 어머니. 그들에게는 친구들도 많았어요. 아침나절 투명한 햇빛들, 이따금 비도 오고 바람도 불고 복도 난간에 비둘기들도 와 앉았어요. 우리가 소중하게 챙기는 꽃들은 이렇게 한 알의 작은 씨앗에서 시작되는군요.

여러분은 벌써 알아차렸어요. 그래요. 책을 읽는 것은 우리 안에 씨앗을 뿌리는 것과 같지 않을까요? 읽으면서 모색하고 방황하고 몰두하는 것은 물 주고 가꾸며 기다리는 것이고요. 그러면 어느 날 우리 눈에 가슴에 새겨진 활자들이 뿌리를 내리고, 자기 나름의 모양과 색깔로 꽃을 피우겠지요.

톨스토이는 그의 작은 단편에서 '사람은 무엇으로 사는가'를 묻고 있어요. 아주 추운 겨울입니다. 가난한 구둣방 주인은 따뜻한 털옷도 없고 양식도 떨어졌어요. 빌려준 돈과 외상값을 받으러 나섰지만 겨우 몇 푼을 손에 쥐게 된 그는 홧김에 그 돈으로 술을 잔뜩 마셔버려요. 돌아오는 길에 벌거벗은 젊은이가 웅크리고 있는 것을 발견, 자기 형편을 생각하고 망설이다가 집으로 데리고 와요. 아내는 처음에는 펄펄 뛰다가 그를 받아들이게 돼요. 젊은이는 그의 조수가 되어 구두도 만들고 수선도 하면서 열심히 일합니다.

가게에는 부자, 가난한 사람, 발을 절룩이는 소녀 등 손님들이 끊이지 않아요. 몇 년이 지나고 우여곡절 끝에 이 젊은이가 하늘에서 내려온 천사라는 것이 밝혀져요. 천사는 가난한 구둣방 주인 부부가 자기를 받아들이는 것을 보면서 사람 속에 사랑이 있다는 것을 알게 돼요. 또 다리를 절룩이는 고아 자매를 잘 키우는 여인을 보면서 사람은 사랑의 힘으로 산다는 것을 확인해요.

종교적인 우화로 읽히는 이 이야기를 통해 톨스토이가 강조하는 것은 사랑입니다. 그래요. 책을 읽는 것은 우리 안에 있는 이 사랑의 힘을 일깨우는 일이기도 합니다. 책 속의 인물들을 통해, 그들이 거쳐가는 좌절과 갈등, 슬픔과 희열을 통해 내 안의 선과 악과 두려움을 만나요. 삶에 대한 가능성과 회복력, 그리고 존엄성과도 만나요. 그러면서, 이 모든 것을 아우르는 나의 실체를 인정하고 받아들여요. 나 자신을 사랑하게 되고 세상을 향해 손을 내미는 것이지요.

가끔 연말이면 졸업생들에게서 카드가 옵니다. 그들은 결혼할 때도 이민 갈 때도 우리가 함께 읽었던 소설들을 짐 속에 챙겨갑니다. 식탁 옆 작은 책꽂이에 모아놓고 가족들이 잠든 뒤, 또는 직장에서 늦게 돌아온 뒤, 그 책들을 열어요. 그리고 밑줄 쳐진 문장들을 다시 읽어요. 강의실에서 책 속에 코를 박고 있던 친구들의 모습이, 무슨 이유였는지 다 잊혀졌지만, 일제히 웃음을 터뜨리던 광경들이 떠오르기도 해요. 그러면서 자신의 옛날 모습과 다짐들을 되살리며 내일을 준비해요. 우리 안에 묻혀 있던 활자의 기억들이 이렇게 우리를 일으켜 세워주는 것이지요.

겨울입니다.

천지에 잎들이 떨어져요.

한파가 밀려오기 전에 나팔꽃 씨앗을 받았어요. 동그란 열매를 건드리니 작고 까만 씨들이 손안에 들어와요. 숨 쉬는 이 생명 앞에서 나는 떨려요.

책 읽는 여러분을 응원합니다.

내 사랑
프라이드

푸른사상 산문선